U0038312

林家驪　注譯
陳滿銘　校閱

新譯賈長沙集

三民書局　印行

刊印古籍今注新譯叢書緣起

劉振強

人類歷史發展，每至偏執一端，往而不返的關頭，總有一股新興的反本運動繼起，要求回顧過往的源頭，從中汲取新生的創造力量。孔子所謂的述而不作，溫故知新，以及西方文藝復興所強調的再生精神，都體現了創造源頭這股日新不竭的力量。古典之所以重要，古籍之所以不可不讀，正在這層尋本與啟示的意義上。處於現代世界而倡言讀古書，並不是迷信傳統，更不是故步自封；而是當我們愈懂得聆聽來自根源的聲音，我們就愈懂得如何向歷史追問，也就愈能夠清醒正對當世的苦厄。要擴大心量，冥契古今心靈，會通宇宙精神，不能不由學會讀古書這一層根本的工夫做起。

基於這樣的想法，本局自草創以來，即懷著注譯傳統重要典籍的理想，由第一部的四書做起，希望藉由文字障礙的掃除，幫助有心的讀者，打開禁錮於古老話語中的豐沛寶藏。我們工作的原則是「兼取諸家，直注明解」。一方面熔鑄眾說，擇善而從；一方面也力求明白可喻，達到學術普及化的要求。叢書自陸續出刊以來，頗受各界的喜愛，使我們得到很大的鼓勵，也有信心繼續推廣這項工作。隨著海峽兩岸的交流，我們注譯的成員，也由臺灣各大學的教授，擴及大陸各有專長的學者。陣容的充實，使我們有更多的資源，整理更多樣化的古籍。兼採經、史、子、集四部的要典，重拾對通才器識的重視，將是我們進一步工作的目標。

古籍的注譯，固然是一件繁難的工作，但其實也只是整個工作的開端而已，最後的完成與意義的賦予，全賴讀者的閱讀與自得自證。我們期望這項工作能有助於為世界文化的未來匯流，注入一股源頭活水；也希望各界博雅君子不吝指正，讓我們的步伐能夠更堅穩地走下去。

新譯賈長沙集　目次

疏

論

附　錄

導讀

《賈長沙集》是西漢初年青年政論家、文學家賈誼的文集。因為他曾擔任過長沙王太傅，故名。

一

賈誼，雒陽（今河南洛陽）人，生於漢高祖七年（西元前二〇〇年）。十八歲時，以能誦述《詩》、《書》和撰寫文章揚名於郡中，為郡守吳公所賞識，召置門下，甚為愛幸。漢文帝即位後，聽說吳公治理河南郡的政績為全國第一，又是李斯的學生，就下詔徵召到京，擔任廷尉之職。因為吳公的推薦，文帝也徵召了賈誼，任其為博士。當時博士所掌為古今史事待問及書籍典守。在博士任上，年輕的賈誼表現出優異的才能，他的見識和雄辯，贏得了博士中年長者的稱道，也受到了文帝的重視，被破格提拔，一年之中，升上了太中大夫，成為文帝身邊一名高級顧問官。朝廷上許多法令、規章的制定，都由他主持進行。賈誼過人的才華和文帝對他的格外信任，以及升遷的過速，引起了朝中一些大臣的不滿和忌恨。因此，當文帝打算進一步擢升賈誼「任公卿之位」時，遭到了周勃、灌嬰、張相如、馮敬等權貴重臣們的反對，他們詆毀賈誼是「雒陽之人，年少初學，專欲擅權，紛亂諸事」，動搖了文帝對賈誼的信任，結果文帝讓賈誼到長沙去做長沙王吳差的太傅，就這樣賈誼便從中央貶到地方上去了。賈誼在朝時間只有一年多一點，赴長沙時年僅二十四歲。至於賈誼被貶的原因，可以總結為以下三點：第一，賈誼積極進取，急於改變當時的社會現狀，他極欲有所作為的儒家思想，與當時統治階級奉行的「清靜無為」的黃老之道衝突太大，故得罪了當時掌握中央大權的周勃、灌嬰等人；第二，賈誼忠言直諫，不可避免地得罪了一些奸佞之臣，因此也常有奸佞之臣在文帝面前中傷他，比如鄧通便是，據應劭《風俗通義・正失》載，賈誼任太中大夫時曾數次勸諫文帝勿與鄧通等人遊獵，是時賈誼與鄧通俱位侍中，賈誼厭惡鄧通的為人，在朝廷上也曾當面予以批評；第三，賈誼年輕氣盛，鋒芒畢露，待人處世缺乏一定的社會經驗，他的某些主張也不太切合時宜。

長沙王吳差是吳芮的後代，是當時僅存的異姓諸侯王。賈誼從天子的近臣，一下子發落到離長安數千里之遙的異姓諸侯小國任太傅，這件事本身就說明了他已被皇帝疏遠，再加上南方雨多潮濕，對於他這個一直生長在北方的人來說是很不習慣的，因此當時賈誼心情之不快，是可想而知：「賈生既辭往行，聞長沙卑濕，自以為壽不得長，又以適去，意不自得。」（《史記》本傳）貶謫長沙的時間有三年多，賈誼的生活一直非常苦悶，他想起了先賢屈原，他有著與屈原同樣的「信而見疑，忠而被謗」的遭遇，有著屈原那樣因為不被理解、不受重用而產生的憤懣，他只有用道家「無貴無賤」、「無智無愚」的人生觀，來慰藉自己那痛苦的心靈。

漢文帝七年（西元前一七三年），賈誼的命運又一次出現了轉機。文帝想起了賈誼，於是將他從長沙召到了長安。文帝在宮中會見賈誼，可能是君臣久未會面，晤談十分融洽。由於當時祭祀剛罷，文帝心中想的都是有關鬼神的問題，對於賈誼所談的很多關於鬼神的道理，文帝過去都聞所未聞，所以越聽越感興趣，談到深夜，文帝也不覺得疲倦，反而把座位不斷移近賈誼，以便更清晰地聽取他的高論。這次談話之後，文帝深有感慨地說：「吾久不見賈生，自以為過之，今不及也。」於是便派賈誼去當梁懷王的太傅。梁懷王劉揖是文帝鍾愛的小兒子，並且喜歡讀書。賈誼從異姓藩王的太傅變成皇帝所寵愛的兒子的太傅，其地位的變化是顯而易見的。

賈誼被召回長安後四年，即漢文帝十一年（西元前一六九年），又一次政治變故落到了賈誼頭上。梁懷王劉揖入朝時，不慎墜馬而死。賈誼作為太傅，覺得自己沒有盡到職責，無窮無盡的自責，造成了沉重的精神負擔，使得他日夜啼哭，再加上政治上的徹底失望，就在梁懷王死後的第二年，即漢文帝十二年（西元前一六八年），賈誼在抑鬱中離開了人世，年僅三十三歲。

二

賈誼雖然只活了三十三個春秋，但卻寫作了許多優秀的文章，並且在漢代就引起了人們的普遍重視。司馬遷寫作《史記》，將他和屈原合傳。在〈屈原賈生列傳〉中，全文收錄了賈誼赴長沙王太傅任過湘水時憑弔屈原所作的〈弔屈原賦〉和在長沙王太傅任上所作的〈鵩鳥賦〉，還將賈誼和屈原的思想、命運聯繫起來加以評論。《史記》的〈秦始皇本紀〉和〈陳涉世家〉的篇後，又引錄了〈過秦論〉。以後班固修《漢書》，在〈賈誼傳〉中亦全文收錄了〈弔屈原賦〉、〈鵩鳥賦〉，並將〈請封建子弟疏〉、〈諫立淮南諸子疏〉等奏疏列於文中，此外，還有一篇洋洋大觀的〈論時政疏〉（又名〈治安策〉或〈陳政事疏〉），這是班固在賈誼數篇疏文的基礎上，「取其要切者」（顏師古語）集綴而成的。還有在《漢書・禮樂志中》，收有賈誼的〈論定制度興禮樂疏〉，又在《漢書・食貨志中》，收有賈誼的〈論積貯疏〉、〈諫鑄錢疏〉等。賈誼是屈原之後一位重要的辭賦家，《古文苑》載有〈旱雲賦〉一篇，可以肯定是賈誼的作品；《藝文類聚》、《初學記》、《太平御覽》中收有賈誼另一篇賦作〈虡賦〉的片斷；在東漢王逸的《楚辭章句》中，收有〈惜誓〉一篇，儘管王逸本人也不無謹慎地說過：「〈惜誓〉者，不知誰所作也。或曰賈誼，疑不能明也。」然經歷代《楚辭》研究家鑒定，賈誼對這篇文章的著作權還是應該得到肯定的。明朝崇禎年間，張溥編纂《漢魏六朝百三名家集》，將他所看到的賈誼文章作了整理，編成《賈長沙集》，列為首家，收入其中。

當然，如果研究賈誼，人們一定還會提及賈誼的《新書》。目前流傳的《新書》有十卷五十八篇，其中兩篇有目無辭，實際上只有五十六篇。由於該書不少篇章文字舛誤較多，在內容上又與《漢書》（特別是〈論時政疏〉）所錄多有重複，所以自宋代起就有人疑其為後人偽作。這些不屬於本文討論的範圍。只是因為它是屬於「子」書的緣故，所以人們提起賈誼的作品《賈長沙集》時，並不包括《新書》在內，儘管內容互有重複。

三

賈誼的文章，可以分為政論文和辭賦兩大類。政論文包括「疏」和「論」，辭賦包括「賦」和「騷」。

在政論文中，賈誼提出了許多積極的政治主張。

漢文帝即位以後，鞏固封建政權仍然是十分嚴峻的任務。鑒於諸侯王尾大不掉、反叛迭起的情況，賈誼提出了解決中央政府與諸侯王地方割據勢力之間矛盾的辦法：「眾建諸侯而少其力」（〈論時政疏〉），即要想使天下太平無事，最好是多多建立諸侯國而又削弱他們的勢力，這是處置當時大國諸侯的辦法。這條辦法是賈誼深刻地分析了漢初分封異姓諸侯王和同姓諸侯王的情況之後提出來的。對待謀反的諸侯王的後代，賈誼則主張不能再封。淮南厲王劉長謀反，在遷徙途中絕食而死，有人批評文帝不能容納兄弟，文帝便又封厲王諸子為侯。賈誼料定文帝必將重新封他們為王，認為漢室之患將從此開始，於是上〈諫立淮南諸子疏〉，詳細陳述了重新封淮南厲王諸子為王的害處。文帝不聽，果然重新封之為王，但日後情況，證實了賈誼建言的預見性。賈誼又上〈請封建子弟疏〉，提出要擴大文帝親子的封地和力量，以此來預防和抵制其他諸侯王的造反。

除了中央政府與地方諸侯王之間的矛盾外，漢初社會還有另一個突出的矛盾，這便是漢帝國與邊境少數民族匈奴之間的矛盾。其時，匈奴勢力急劇膨脹，嚴重威脅著漢帝國的安全，而且由於一些地方諸侯王及大臣與匈奴勾結，因而更增加了中央政府的困境。而當時的中央政府，由於國力空虛，無力對匈奴採取強硬措施，只好採取懷柔政策、和親政策。而賈誼堅決反對向匈奴屈服，也不同意和親的做法，他認為只有使國家迅速富強起來，才可以改變目前這種狀況，一個強大的國家「德可遠施，威可遠加。」（〈論時政疏〉）遂主動請纓，要求擔任典屬國的職位，主持開展對付匈奴的工作，並保證可以取勝。「陛下何不試以臣為屬國之官，以主匈奴？行臣之計，請必係單于之頸而制其命，伏中行說而笞其背，舉匈奴之眾唯上之令。」（〈論時政疏〉）賈誼的意見雖然過於理想化，但他滿心希望國家強大的熱情還是值得我們肯定的。

重視發展農業，反對棄農經商是賈誼的又一重要政治主張。漢高祖初定天下時，國家十分貧困，可是經過十多年的休養生息，到文帝時，工商業便大大發展。賈誼認識到商業經濟空前發展造成的嚴重後果：一方面，會使更多的人「背本而趨末」，棄農經商，但「食者甚眾，是天下之大殘也。」（〈論積貯疏〉）而另一方面，又造成了社會風俗的淫佚、侈靡，「生之有時而用之亡（無）度。」（〈論積貯疏〉）賈誼認為「農事棄捐」是很不好的，應該讓農民「反（返）於耕田」（〈諫鑄錢疏〉），大力發展農業，增強國力。賈誼的重農思想引起了文帝的重視，對於鞏固西漢初期政權起了重要作用。

賈誼還提出了一項具體的經濟政策，就是把開採銅山和鑄錢大權收歸中央，以鞏固中央政府對全國財政的控制。原來，在文帝五年（西元前一七五年），下令允許私人鑄錢，這樣做的結果，使豪商大賈幾乎掌握了國家經濟命脈，並帶來了一系列的弊病。賈誼上疏堅決反對這項政策。他認為：㈠允許私人鑄錢必然摻假，摻假是犯罪的，因此犯罪之人日眾；㈡民間鑄錢輕重不一，不利於流通；㈢影響農業生產。因此賈誼認為「姦數不勝，而法禁數潰，銅使之然也。然銅布於天下，其為禍博矣。」（〈諫鑄錢疏〉）而如果由中央掌握鑄錢大權，就能消除以上弊病，使中央掌握全國貨幣大權，可與商人爭利，使物價穩定，有利於勸農務本。賈誼認識到貨幣對整個國民經濟的調節作用，這是很深刻的經濟思想。

賈誼還主張以禮治國。他在〈過秦論〉中總結了秦王朝嚴刑峻法導致迅速覆亡的慘痛教訓，又根據漢文帝時等級名分僭越，嚴重影響中央集權制的現實情況，提出了這個主張。他主張確立嚴格明確的封建等級制度，「人主之尊譬如堂，群臣如陛，眾庶如地。」（〈論時政疏〉）是對封建制度深刻、形象的說明。賈誼又提出了太子的教育問題，他認為夏、商、周三代享國日久，皆由「教太子有法」，而秦不能教好太子，故而速亡，因此太子的教育問題必須十分重視（〈論時政疏〉）。賈誼還提出要處理好君臣關係，他分析了不以禮待大臣的害處，並論述了皇帝若能以「禮、義、廉、恥」對待臣下，臣下亦必能以節行報答皇帝的道理（〈論時政疏〉）。

如果說賈誼的政論文是從積極的方面表達了他對國家大事的關心，那麼他的辭賦作品則是更多地排遣了他對於當時現實社會的不滿與憤慨。

〈弔屈原賦〉作於剛赴長沙王太傅任時，途經湘水，賈誼想起了楚地的這位先賢，自己與他的命運是何等的相似，都是忠而被謗，信而見疑，離開京都，遭貶遠行的，不由得發出一陣「鸞鳳伏竄兮，鴟鴞翱翔。闒茸尊顯兮，讒諛得志；賢聖逆曳兮，方正倒植。謂隨夷溷兮，謂跖蹻廉；莫邪為鈍兮，鉛刀為銛。」的感嘆。在〈惜誓〉中，賈誼哀惜楚懷王與屈原有信約而後卻背棄，有始無終，最終釀成了屈原和楚國的悲劇。〈鵩鳥賦〉作於賈誼抵長沙後三年，文中假託與鵩鳥的問答，抒發自己懷才不遇、抑鬱不平的情緒，並以老莊齊生死、等禍福的觀點來進行自我排遣。賈誼的思想境界也是不斷提高的，漢文帝九年（西元前一七一年）春，天大旱，賈誼創作了一篇〈旱雲賦〉，這是他生命後期的一篇重要賦作，文中通過對旱雲積聚合沓，但最終風解霧散而沒有下雨的現象的描寫，把久旱不雨的責任歸結到當權的統治者身上，極富思想意義。

四

賈誼的文章，除了有著充實豐富的思想內容、卓越超凡的政治見解之外，在藝術風格上也有著十分鮮明的特色。

首先，賈誼文章的字裡行間，流露出一種十分真摯的思想感情，這種情感的力量極大地震撼著讀者的心靈。比如〈論時政疏〉的起首一段：「臣竊維事勢，可為痛哭者一，可為流涕者二，可為長太息者六。」開門見山指出事態的嚴重性，須為之「痛哭」、「流涕」、「長太息」，幾句話就把作者憂國憂民的心情和盤托出，給了讀者以極大的震動。在以下的文字裡，賈誼都採用直言不諱、痛陳利害的辦法，飽含激情。在賈誼看來，也只有這樣，才能引起最高統治者的警覺和重視。在政論文是如此，在辭賦中更是如此，〈弔屈原賦〉云：「造託湘流兮，敬弔先生。遭世罔極兮，迺隕厥身。嗚呼哀哉兮，逢時不祥。……」感情真摯，既悲傷又激動，既追懷屈原，亦以自喻，非常能打動讀者的心靈。

其次，賈誼文章中議論的語言氣勢很盛，如滔滔江河，奔騰而下，不可阻擋，具有一種陽剛之美。比如〈過秦論上〉，文章前半部分，著力渲染了秦孝公以來六代所開拓的功業，鋪寫秦始皇「奮六世之餘烈」統一中國的赫赫威勢，奏出了秦王朝「席卷天下，包舉宇內，囊括四海」的強音，展現了秦國奮發圖強的勃勃雄心和擴展進取中的磅礴氣勢。作者以迫促的行文節奏，一氣呵成，也相應地顯示了秦國強盛那不可抑制的勢態。而當作者極力把經營百餘年的秦王朝推向不可一世的顛峰時，忽然筆鋒陡轉，陳涉起義的洪流迅速把它淹沒，它那一味崇尚武功所包含的不施仁政的錯誤，便充分地暴露出來。這樣，前文關於秦朝武功的渲染鋪張，實則都是為了突出不施仁政導致滅亡的歷史必然性。文章語言滔滔奔激，揮灑飛動，言辭犀利勁拔，有強烈的節奏感，語勢與秦國勃興速亡的趨向亦和諧協調，讀來淋漓酣暢，也使我們感到此文具有戰國時代縱橫家那種跌宕恣肆的辯說風格。

再次，賈誼文章主題明確，條理清楚，具有很強的說服力。比如〈過秦論〉上、中、下三篇，每一篇的主題思想都是十分明確的，各篇中段落章節的安排也是比較清楚的，具有強大的內在邏輯力量。以〈過秦論中〉為例，首章指出秦王朝統一天下之後，正是容易推行仁政的時候。第二章論述奪天下與守天下應該採取不同的方法，指出假如秦王朝能夠採取正確的統治方法，國家就不會滅亡。第三章設想了秦二世即位後應該採取的一系列措施，並指出如採取了這些措施，國家就不會滅亡。第四章批評秦二世無正傾之術，因此雖然貴為天子，富有天下，但終不免身死他人之手。這篇文章論題清楚明確，論據強勁有力，論證合乎邏輯，結論使人信服，各段的內容劃分十分清楚，但又不露痕跡；各段的聯繫十分緊密，但又不是機械地作起承轉合的安排，寫來非常自然。

再其次，賈誼的文章注意了各種寫作手法的運用。比如對偶句，在〈過秦論上〉就有「據殽函之固，擁雍州之地」；「明知而忠信，寬厚而愛人」；「彊國請服，弱國入朝」；「躡足行伍之間，而倔起什佰之中」；「率罷散之卒，將數百之眾」；「斬木為兵，揭竿為旗」等等，字數相等，結構相同，音節和諧，整齊響亮。又如排比句，〈過秦論上〉有「南兼漢中，西舉巴蜀，東據膏腴之地，收要害之郡」；「齊有孟嘗，趙有平原，楚有春申，魏有信陵。此四君者，皆明知而忠信，寬厚而愛人，尊賢重士，約從離衡」等，排比法加強了語勢，使文章既寫得概括，又鋪張馳騁。再如比喻手法的運用，在〈論時政疏〉中用抱火厝之積薪之下而寢其上比喻形勢的危急；用解牛的髖髀之所非用斤斧不可比喻權勢法制不可缺；用瘇病和蹠戾比喻諸侯王勢力膨脹；用頭足倒懸比喻夷夏關係顛倒；用渡江無舟楫比喻經制不定等等，這些比喻都十分貼切，增強了文章的感染力。此外，還有其他一些寫作手法，此處不贅。

還值得一提的是賈誼的辭賦創作。賈誼的辭賦已明顯地表現出了從《楚辭》向漢賦演化的痕跡。賈誼的辭賦，既明顯地具備《楚辭》的特點，如真實地抒發作者的思想感情，語言上多用「兮」字，句式也與《楚辭》一樣，但同時它們又已經具備漢賦那種鋪陳描寫的因素。比如〈旱雲賦〉中細膩的筆觸，從多方面具體而形象地刻畫雲的特徵，具備更多「體物寫志」的成分。另外，在四字句式中，又往往夾帶散文式的不押韻句子，這正是漢賦句式的特點。至於〈鵩鳥賦〉中的對話形式，以後影響到漢賦的問答特點，也是十分明顯的。

五

賈誼的文章很為後人所稱道，張溥〈賈長沙集題辭〉說：「西漢文字，莫大乎是，非賈生其誰哉！」評價很高。對於他的辭賦，梁朝沈約說：「屈平、宋玉導清源於前，賈誼、相如振芳塵於後，英辭潤金石，高義薄雲天。」（《宋書・謝靈運傳論》）正確指出了賈誼在辭賦史上是起了承先啟後作用的。對於他的政論文，宋人楊時說「其文宏妙」（《長沙賈太傅祠志》卷一），清人姚鼐說：「賈誼之文，條理通貫，其辭甚偉。」（《惜抱軒文集》卷五）曾國藩說：「古今奏議推賈長沙、陸宣公、蘇文忠三人為超前絕後。余謂長沙明於利害，宣公明於義理，文忠明於人情。」「奏疏以漢人為極軌，而氣勢最盛事理最顯者，尤莫善於〈治安策〉。故千古奏議，推此篇為絕唱。」（《曾國藩全集・詩文》）魯迅稱贊賈誼和鼂錯的散文為「西漢鴻文」、「沾溉後人，其澤甚遠。」（《漢文學史綱要》）這些都是很公允的評價。

既然賈誼的文章在中國文學史上有著如此重要的地位，因此，把《賈長沙集》加以注釋和語譯，給廣大讀者提供閱讀和研究的方便，是十分必要的。這次的譯注整理工作，以清光緒十八年善化章經濟堂重刊的《漢魏六朝百三名家集》中的《賈長沙集》作為底本，結合嚴可均所編《全上古三代秦漢三國六朝文》中《全漢文》卷一五至卷一六所收的賈誼文章，再根據嚴氏所注的出處一一覆校《古文苑》、《太平御覽》、《漢書》、《文選》等書中的原文。校勘過程中，發現不少問題，有幾點需要說明如下：㈠〈虡賦〉，張溥輯到兩段，嚴可均輯到三段，此次按照三段注譯；㈡〈上都輸疏〉，張溥《賈長沙集》有，而嚴可均《全漢文》卻失收，未知是有意刪去，還是遺漏？未明其詳，今仍收入；㈢今又從《漢書·禮樂志》中輯得〈論定制度與禮樂疏〉一篇，特予收入；㈣書後附有〈賈誼年表〉，供讀者了解文章寫作的時代背景。

歷代以來，研究賈誼的專家不乏其人，研究文章、專著也多，本人在撰寫本書的過程中參閱了一些先賢和當代專家的研究成果，益我甚多，謹致謝忱。在注釋和語譯的過程中，由於本人學識有限，難免出現錯誤，歡迎讀者批評指正。

林家驪

一九九六年四月於杭州大學

賦

弔屈原賦

【題 解】本文是賈誼悼念屈原的作品。當年屈原為振興楚國，信而見疑，忠而被謗，終於含冤自沉汨羅。一百年後，賈誼因力倡改革，也遭到觀念守舊的老臣和權貴的嫉視排擠。於漢文帝三年（西元前一七七年）出為長沙王太傅，途經湘水，想見屈原沉處，感憤傷激，遂寫此賦，既追懷屈原，亦以自喻。

恭承❶嘉惠❷兮，竢罪❸長沙❹。仄聞❺屈原兮，自沈汨羅❻。造託❼湘流兮，敬弔❽先生❾。遭世罔極❿兮，迺⓫隕⓬厥身⓭。

【章 旨】本章概述自己弔屈原之魂的緣起。

【注釋】❶恭承　恭敬接受。❷嘉惠　對他人所給予的恩惠的敬稱。此處指皇帝的恩命。❸竢罪　有罪等待處罰。實指做官。漢朝人謙稱居官任職為「待罪」，表示自己能力薄弱，不知何時會犯罪過。竢，等待。❹長沙　漢初所封的異姓王國名。領地在今湖南省東部。❺仄聞　從旁聽說。仄，側。❻汨羅　水名。在今湖南省東北部。❼造託　前往請託。❽弔　亦作「吊」。祭奠死者或對遭喪事及不幸者給予慰問。❾先生　指屈原。❿罔極　沒有準則。形容社會混亂，沒有法度。罔，沒有。⓫迺　乃。⓬隕　通「殞」。死亡。⓭厥身　指屈原的生命。厥，其。

【語譯】我恭敬地接受皇帝的恩命，來到長沙，隨時等候處罰。我從旁聽到了屈原先生的事蹟，他就在這汨羅江中自沉。我來到湘江邊，託它寄意，恭敬地悼念這位屈原先生。屈原他遭遇到混亂的世道，終於把自己的性命送掉。

嗚呼❶哀哉兮，逢時不祥。鸞鳳❷伏竄❸兮，鴟鴞❹翱翔。闒茸❺尊顯兮，讒諛❻得志；賢聖逆曳❼兮，方正❽倒植❾。謂隨夷❿溷⓫兮，謂跖蹻⓬廉；莫邪⓭為鈍兮，鉛刀⓮為銛⓯。吁嗟默默，生⓰之無故兮，斡棄⓱周鼎⓲，寶康瓠⓳兮。騰駕⓴罷㉑牛，驂㉒蹇㉓驢兮；驥㉔垂兩耳㉕，服鹽車㉖兮。章甫薦履㉗，漸不可久兮。嗟苦先生，獨離㉘此咎㉙兮。

【章　旨】本章從正面寫出作者對屈原遭遇的憤慨和悼惜之情。

【注　釋】❶嗚呼　嘆詞。一本作「烏乎」。❷鸞鳳　傳說中鳳凰一類的鳥。❸伏竄　隱藏潛伏。❹鴟鴞　貓頭鷹一類的鳥。比喻卑劣奸佞的小人。❺闒茸　低下。這裡指無行小人。❻讒諛　指好讒毀、阿諛之人。❼逆曳　謂受迫而不能按照正道行事。❽方正　正直的人。❾倒植　倒置。❿隨夷　卞隨和伯夷。卞隨，傳說是殷代初年的賢士。商湯欲讓天下給他掌管，不受，投水自殺。伯夷，殷末孤竹君之子。讓位於弟叔齊去國，後周武王伐紂，諫阻無效，周滅殷，和叔齊逃入深山採薇，不食周粟而死。此二人過去都被認為是品格高尚的人。⓫溷　糊塗。⓬跖蹻　柳下跖和莊蹻。這二人都是古代的強盜。此處泛指強盜。⓭莫邪　寶劍名。古時傳說干將、莫邪為雌雄二劍，鋒利無比。⓮鉛刀　鈍刀子。⓯銛　銳利。⓰生　先生。此處指屈原。⓱斡棄　拋棄。⓲周鼎　周王朝傳國寶鼎。被視為國家權力的象徵。⓳康瓠　一種瓦製的小口大腹的盛酒器皿。⓴騰駕　使（牲口）駕車。㉑罷　通「疲」。㉒驂　轅馬兩旁的副馬。㉓蹇　跛足。㉔驥　駿馬。㉕垂兩耳　形容馬勞累過度，低頭垂耳。㉖服鹽車　拉著沉重的鹽車。喻賢人被踐踏，人才不能重用。服，駕。㉗章甫薦屨　禮冠被墊在鞋子下。喻上下顛倒。章甫，商代的一種冠。薦，這裡是墊的意思。屨，用麻或皮革做的鞋。㉘離　同「罹」。遭受。㉙咎　罪過。

【語　譯】啊，多麼可悲，多麼可哀，偏偏處在不吉祥的時代。鸞鳥鳳凰都已隱藏躲避，貓頭鷹得意地迴旋飛翔。平庸低能的人位尊名顯，毀謗諂媚的人志得意滿；賢聖之人處於不順境地，正直的人還被壓在下方。說是卞隨、伯夷汙濁邪惡，說是盜跖、莊蹻廉潔無比；莫邪寶劍被人認為是鈍刀，卷刃鉛刀卻被認為鋒利。可嘆啊是那樣的不得志，先生無緣無故的遭到災禍，拋棄了周代傳國的寶鼎，卻很珍視那些破瓦爛盆。使用疲憊老牛駕車奔跑，還讓跛足毛驢拉車邊套；駿馬不受重用，垂著兩耳，拉著沉重鹽車爬上山道。把高貴的禮帽墊在腳下，它用不了多久就會壞掉。可嘆的是苦了屈原先生，這些罪過他全部遭遇到。

誶❶曰：已矣！國其莫吾知❷兮，子獨壹鬱❸其誰語？鳳縹縹❹其高逝兮，夫固自引❺而遠去。襲❻九淵❼之神龍兮，沕❽淵潛以自珍。偭❾蟂獺❿以隱處兮，夫豈從蝦與蛭⓫螾⓬？所貴聖之神德兮，遠濁世而自臧⓭。使麒麟可係而羈⓮兮，豈云異夫犬羊？般⓯紛紛⓰其離⓱此郵⓲兮，亦夫子之故也！歷九州而相⓳其君兮，何必懷此都⓴也！鳳凰翔於千仞兮，覽德輝㉑而下之。見細德㉒之險徵㉓兮，遙增擊㉔而去之。彼尋常㉕之汙瀆㉖兮，豈容吞舟㉗之魚。橫江湖之鱣㉘鯨兮，固將制於螻蟻㉙。

【章　旨】本章用反反覆覆的譬喻，寫被讒害者堅持志節，決不同流合汙的心願。

【注　釋】❶誶　告。即亂辭。❷莫吾知　即莫知我。❸壹鬱　同「抑鬱」。指人心情鬱悶。❹縹縹　同「飄飄」。形容高飛遠去。❺自引　自動逃避。引，退；避開。❻襲　因襲；效法。❼九淵　深淵。❽沕　潛藏難見的樣子。❾偭　背；離開。❿蟂獺　此處喻讒害好人的奸人。蟂，即「蟂」。據說是一種害魚的水中動物，屬鱷魚一類。獺，水獺。生活在水邊，吃魚。⓫蛭　水蛭；螞蟥。⓬螾　同「蚓」。即蚯蚓。⓭臧　同「藏」。⓮羈束縛。⓯般　同「盤」。盤桓；徘徊不進。⓰紛紛　紊亂無頭緒。⓱離　通「罹」。遭遇。⓲郵　通「尤」。罪過；禍尤。⓳相　輔佐。⓴都　都城。㉑德輝　聖德的光輝。㉒細德　德行薄劣。㉓險徵　危險的徵兆。㉔增擊　加快飛行。擊，兩翅擊空突飛。㉕尋常　古代長度單位。以八尺為尋，二尋為常。㉖汙瀆　汙穢不流的死水溝。㉗吞舟　形容魚很大。㉘鱣　即鱘鰉。大魚。㉙螻螘　一本作「螻蟻」。即螻蛄、螞蟻。

【語　譯】尾聲：算了吧！國內沒有人了解，您又向誰訴說心中鬱悶？鳳凰既然高高地飛離而去，原就要自己避開，遠遠逃離。應該學習深淵中的神龍，深深潛藏起來自我珍重。既然將要離開蟂獺隱居，難道還要與小蟲處在一起？值得推崇的是聖人美德，遠離濁世而且隱藏起來。假如麒麟也可以被束縛，那牠和犬羊還不是一樣？在混亂的社會遭此痛苦，也有先生您自己的緣故！您該遊歷九州，選擇賢君，何必定要懷念故國首都！鳳凰在高高的天空飛翔，看到了聖德光輝才肯下降。如看到薄德君王的險惡徵兆，牠就會遠遠地加速離去。那些不太寬的死水溝裡，哪裡能容得下吞舟大魚。橫行在江湖的鱘鰉大魚，入小溝就要受制於螻蛄螞蟻。

【研　析】這是一篇用屈原〈離騷〉之體來弔屈原的賦。本文共分三章，每章都有特色。第一章概述自己弔屈原之魂的緣起，是「恭承嘉惠」、「竢罪長沙」，這與當年遭貶流放的屈原有什麼兩樣呢？因此，足涉屈原沉處，誘發萬千感慨，寄情於湘流，以敬弔屈原，便是必然的了。這一章，雖只幾句，卻點明了題意，並宣泄了自己強烈的愛憎和與屈原同命運的感憤。第二章作者從正面寫對屈原遭遇的憤慨和悼惜之情。一聲「嗚呼哀哉」的長嘆，既承上文，感嘆屈原之死，又啟下文「逢時不祥」句後所引發的滿腹冤恨，排比鋪陳，一瀉而出。緊接著的五個排比，全用兩兩相對的喻體，活畫出了一個黑暗險惡、變亂無常的世界。接下去的一番鋪陳之語，道出了國中賢愚顛倒，摧殘人才的現實。這一層句式有所變化，兩組四、三句式，兩組四、五句式，句短斬截，文勢急促。結尾一句，既是全章的收束，也是再一聲沉重的長嘆。全章作者長嘆三次，一波三折，平添了一種俯仰感喟的神韻。第三章用反反覆覆的譬喻，寫被讒害者堅持志節，決不同流合汙的心願。譬喻作者吸取了屈賦寫法，天上人間，五洲四海，盡情遨遊，展現了雄奇恣肆的浪漫主義風貌。譬喻說完，戛然而止，在這不結之結中，使讀者自然體會到作者疾痛慘怛，欲說還休的心理狀態。縱觀此文，通篇又有趨於散體化的傾向，體現了新賦體的特點，顯示了從《楚辭》向新體賦過渡的痕跡。

旱雲賦

【題解】《旱雲賦》是賈誼後期的一篇重要賦作。據《漢書・文帝紀》載：「（文帝）九年春，大旱。」賈誼此賦即寫當時大旱的情況。在賦文之中，賈誼通過對旱雲積聚合沓，但最終風解雲散，像要下雨卻又沒有下雨的景象之描寫，把久旱不雨的責任歸結到當權的統治者身上，極富思想意義。

惟昊天❶之大旱兮，失精和❷之正理❸。遙望白雲之蓬勃兮，滃澹澹❹而妄❺止；運清濁❻之澒洞❼兮，正重沓❽而并起。嵬❾隆崇❿以崔巍⓫兮，時仿佛而有似。屈卷輪⓬而中天⓭兮，象虎驚與龍駭；相搏據⓮而俱興兮，妄倚儷⓯而時有。遂積聚而合沓⓰兮，相紛薄⓱而慷慨⓲；若飛翔之從⓳橫兮，揚波怒而澎濞⓴。正帷布㉑而雷動兮，相擊衝而破碎；或窈窕㉒而四塞兮，誠若㉓雨而不墜㉔。

【章旨】本章敘旱雲聚集，好似要下雨，但最終卻沒有下雨的情狀。

【注釋】❶昊天　蒼天。昊，元氣博大貌。❷精和　猶清和。即清靜和平之意。❸正理　正當的道理。❹滃滃　雲蒸騰上升的樣子。❺妄　通「亡」。無。❻清濁　澄澈與渾濁。❼澒洞　雲氣洶湧的樣子。❽重沓　重疊。❾嵬　通「傀」。怪異。❿隆崇　高崇貌。⓫崔巍　高峻貌。⓬卷輪　轉輪。⓭中天　高空中；當空。⓮摶據　聚集；牽動。⓯倚儷　奇麗。倚，通「奇」。⓰合沓　指變化複雜。⓱紛薄　紛雜交錯。⓲慷慨　原指人意氣風發，情緒激昂。此處指變化急劇。⓳從　通「縱」。⓴澎濞　水勢浩大的樣子。此處形容雲氣翻騰如同浩瀚之水。㉑帷布　帷幕。㉒窈窕　深遠的樣子。㉓誠若　真如。㉔墜　落。

【語譯】老天發生了大旱，失去了清靜和平的正常規律。遠遠地看看白雲在上下翻滾，蒸騰上升，無休無止；清澈、渾濁的雲氣互相轉換，來勢洶洶，重重疊疊，並排湧來。怪異險峻而高大巍峨，又不時地和別的什麼東西變得相似。如轉輪般在天空翻滾，又像龍虎般驚駭得四散奔竄；聚集卷動，攪作一團，變幻莫測，奇麗無比。於是憑滾動著聚集會攏，相互迫近，劇烈地變動；如同飛翔般縱橫馳騁，像浩瀚之水波濤洶湧。正像在天上拉起了帷幕，忽然雷聲隆隆，互相撞擊，頓時碎成萬片；有時又幽幽渺渺，充滿了環宇，實在是像要下雨，卻又沒有下雨。

陽陰❶分而不相得❷兮，更惟貪邪❸而狼戾❹。終風解❺而霧散兮，陵遲❻而堵潰❼。或深潛而閉藏兮，爭離而并逝；廓蕩蕩❽其若滌❾兮，日照照而無穢❿。隆⓫盛暑而無聊⓬兮，煎沙石而爛渭⓭；湯風⓮至而含熱兮，群生⓯悶滿⓰而愁憒⓱；畎畝⓲枯槁⓳而失澤⓴兮，壞石相聚而為害。農夫垂拱㉑而無聊兮，釋㉒其鉏耨㉓而下淚；憂疆畔㉔之遇害兮，痛皇天之靡惠㉕；惜稚稼㉖之旱夭㉗兮，離㉘天災而不遂㉙。

【章　旨】本章描敘了因天久旱不雨而造成田地枯乾、顆粒無收、人民乏食的種種慘狀。

【注　釋】❶陽陰　我國古代哲學認為宇宙中通貫物質和人事的兩大對立面。如天、火、暑是陽，地、水、寒是陰。❷不相得　不協調。❸貪邪　貪婪邪僻。❹狼戾　兇狠。❺解　散。❻陵遲　漸次衰微。❼堵潰　比喻雲氣消散如牆壁倒塌。潰，通「隤」。❽廓蕩蕩　空闊的樣子。❾滌　洗。❿穢　汙濁；骯髒。⓫隆　盛；多。⓬無聊　指心中不樂。⓭爛渭　光輝的樣子。⓮湯風　熱風。⓯群生　一切生物。⓰悶滿　悶悶；抑鬱不樂。悶，煩憂；憤懣。⓱愁憒　憂慮；煩亂。⓲畎畝　田地。⓳枯槁　指枯萎的草木。⓴澤　潤澤。㉑垂拱　垂衣拱手。形容無可奈何的樣子。㉒釋　放下。㉓鉏耨　鋤草的工具。鉏，同「鋤」。㉔疆畔　田界。此處指田地。㉕靡惠　沒有恩德。㉖稚稼　未成熟的莊稼。㉗旱夭　因天旱而早死。㉘離　通「罹」。遭。㉙不遂　不能生長。

【語　譯】陰與陽的變化失掉了正常的秩序，天空的景象更顯得邪僻與兇狠。終於涼風停止，雲霧消散，慢慢地退去如一堵堵牆壁倒塌。有的雲雖然像在那兒潛伏與隱藏，此時也爭搶著離別而去；宇宙變得空闊淨明，如同清洗過一樣，烈日當空，萬里無雲。盛夏酷暑，百無聊賴，沙石滾燙，到處像火燒一樣；熱風吹來，陣陣熱浪，百姓們抑鬱不樂，充滿憂慮與煩亂；田野一片乾枯，莊稼失去了光澤，土壤與石塊聚集在一起，使作物無法生長。農夫垂衣拱手，無可奈何，放下鋤頭，淚珠紛紛；發愁田地遭受到極大的災害，痛心上天不給恩德；可憐未成熟的莊稼都已經旱死了，遭受天災而不能成長。

懷怨心而不能已❶兮，竊❷託咎❸于在位。獨不聞唐虞❹之積烈❺兮，與三代❻之風氣。時俗殊而不還兮，恐功久而壞敗。何操行之不得兮，政治失中❼而違節❽。陰氣❾辟❿而留滯⓫兮，厭⓬暴至⓭而沈沒⓮。嗟乎！惜旱大劇⓯，何辜⓰於天；無恩澤⓱忍⓲兮，嗇夫⓳何寡德矣。既已生之不與福兮，來何暴⓴也？去何躁㉑也？孳孳㉒望之，其可悼㉓也。憭兮慄兮㉔，以鬱怫㉕兮，念思白雲，腸如結兮；終怨不雨，甚不仁兮；布而不下，甚不信兮。白雲何怨，奈何㉖人兮！

【章　旨】本章把久旱不雨的責任歸結於當權者，批評統治者品行不正，政策不當，又不按制度行事，因而有旱災。

【注釋】❶已 停止。❷竊 私下。❸咎 加罪；罪責。❹唐虞 唐堯和虞舜。唐堯，傳說中父系氏族社會後期部落聯盟領袖。陶唐氏，名放勛，史稱堯或唐堯。傳曾設官掌管時令，制定曆法。諮詢四嶽，推選舜為其繼承人。對舜進行三年考核後，命舜攝位行政。他死後，即由舜繼位。一說堯到了晚年，德衰，為舜所囚，其帝位也為舜所奪。虞舜，傳說中父系氏族社會後期部落聯盟領袖。姚姓，有虞氏，名重華，史稱舜或虞舜。相傳因四嶽推舉，堯命他攝政。他巡行四方，除去鯀、共工、驩兜和三苗等四人。堯去世後繼位，又諮詢四嶽，挑選賢人，治理民事，並選拔治水有功的禹為繼承人。一說舜為禹所放逐，死在南方的蒼梧。❺烈 功業。❻三代 指夏、商、周三個朝代。❼中 不偏不倚；無過無不及。❽違節 指不按制度辦事。❾陰氣 此處似指雲。❿辟 聚。⓫留滯 停留。⓬厭 足；多。⓭暴至 突然而至。⓮沈沒 消失。⓯劇 嚴重。⓰辜 對不起。⓱恩澤 帝王或朝廷給予臣民的恩惠。因如雨露之澤及萬物，故云。⓲忍 殘忍。⓳嗇夫 秦漢時的鄉官。掌握訴訟和賦稅。⓴暴 急驟；突然。㉑躁 急速。㉒孳孳 同「孜孜」。凝神貌。㉓悼 傷感；哀傷。㉔憭兮慄兮 悽苦悲愴。㉕鬱怫 憂愁。㉖奈何 亦作「柰何」。怎麼；怎麼辦。

【語 譯】滿懷怨愁的心情不能解脫，心想著應當把罪責歸之於當權者。您難道沒有聽到唐堯、虞舜的豐功偉業、和夏商周三個朝代的風氣嗎。淳美的風俗再也不會回來了，恐怕天長日久，功業就要毀敗。如今在位之人，品德操行是多麼的不端正，政策不當，又不按制度辦事。陰雲聚集，停滯不動，突然湧來又消失殆盡。啊呀！讓人痛惜的嚴重旱情，並非人們對老天爺有什麼過錯；而是因為當權者殘忍苛刻，鄉官缺少恩德所致。既然肯定不給百姓造福，為什麼來得這樣突然？為什麼去時又這樣迅速？百姓仰天祈求甘霖，真令人傷心。淒苦悲愴，憂愁苦悶，想起白雲，愁腸百結；痛恨終於未能下雨，實在是不夠仁厚；布滿天空，又雲消霧散，實在是不講信用。對白雲怨恨又能怎樣，受苦的百姓該怎麼辦呢！

【研　析】賈誼的這篇賦文，與他前期所作的賦文如〈弔屈原賦〉和〈鵩鳥賦〉相比，有兩個特點是十分顯著的：一是思想內容方面的特點。賈誼前期的賦作，大都著眼於個人的命運及遭遇，無論是弔唁先賢的〈弔屈原賦〉，還是自傷自悼的〈鵩鳥賦〉，個人感情的色彩是十分明顯的，而這篇〈旱雲賦〉，卻把描寫的對象、關心的對象放在了受災的廣大貧苦勞動人民身上，不能不說是一個很大的進步。同樣地，他把久旱不雨的責任歸結到了當權的統治者身上，更是需要絕大的勇氣的。二是寫作技巧方面的特點。賈誼〈旱雲賦〉的特點是極力鋪陳以寫景，他繼承了屈原〈招魂〉和宋玉〈九辯〉中描寫鋪陳的傳統，在描寫大旱天氣的白雲時，便是極力鋪陳。在手法上，既有白描的手法，如「遙望白雲之蓬勃兮，……」「正帷布而雷動兮，……」這些句子既寫實，又生動；也有形象的比譬：「屈卷輪而中天兮，……」；還有擬人化手法：「若飛翔之從橫兮，……」正是多種手法的結合運用，便把白雲的變態、不常形象地呈現在讀者面前，仿佛身臨其境。另外，賈誼在描寫大旱給農民帶來的災難時，也是十分形象和生動的：「農夫垂拱而無聊兮，釋其鉏耨而下淚……」用的完全是白描的寫實手法，但由於作者懷著強烈的愛民思想，對旱災的後果和百姓的心境作了深刻細致的描寫，因而能夠引起人們對下民不幸遭遇的深切同情。

虡賦

【題解】這是一篇已經失佚的賦，現在僅可見到從《藝文類聚》、《初學記》、《太平御覽》中輯得的三段殘文，難以窺其全豹，至為可惜。「虡」，是懸掛編鐘編磬的木架。橫木曰簨，直木曰虡。簨之兩端，刻龍鳳為飾。兩虡之下，承之以趺，刻伏獅或臥梟為飾。鐘則飾以獸，磬則飾以鳥。在古典文獻中，提到虡的地方很多，比如《禮・明堂位》說：「夏后氏之龍簨虡。」《詩・周頌・有瞽》說：「設業設虡，崇牙樹羽。」六朝詩人沈約的《禋雅曲・就燎》也作了形象的描寫：「雲孤清引，栒虡高懸。」賈誼本賦的三段殘文都用以刻畫虡上飛龍的樣子，描述極其生動，辭藻也很華麗。

牧❶太平❷以深志❸，象巨獸❹之屈奇❺。妙彫文❻以刻鏤，舒循尾之采❼垂❽。舉其踞牙❾以左右相指，負❿大鐘而欲飛。

【注釋】❶牧　原意指放養牲畜。此處是統治之意。❷太平　時世安樂。❸深志　深遠的心志。❹巨獸　大獸。❺屈奇　怪異。❻彫文　刻鏤的文飾。❼采　同「彩」。❽垂　向下。❾踞牙　即「鋸牙」。如鋸之獸齒。❿負　背負。

【語譯】有著深遠的心志來統治著太平時世，就像那巨大的野獸有著怪異的模樣。雕刻著奇妙的紋彩，沿著它的尾巴舒展開來，垂沿而下。張開大嘴露出鋸牙分對著左右，背負著大鐘就像要向天空飛去。

妙彫文以刻鏤兮，象巨獸之屈奇兮❶。戴高角之峨峨❷，負大鐘而顧❸飛。美哉爛❹兮，亦天地之大式❺。

【注釋】❶兮　此當是衍文。❷峨峨　高貌。❸顧　回首；回視。❹爛　燦爛；光彩耀眼。❺式　榜樣。

【語譯】雕刻著奇怪美妙的紋彩，就像那巨大的怪獸。頭上的高角高高地翹起，背負著大鐘回頭看看要向天空飛去。實在是美麗而光彩耀眼，這也是天地之間的光輝榜樣。

攖❶擊拳以蟉虯❷，負大鐘而欲飛。

【注釋】❶攖　接觸。❷蟉虯　盤曲貌。

【語譯】緊握著拳頭，盤曲著身體，背負著大鐘要向那天空飛去。

【研析】本賦殘缺太甚，只剩下三個片段，又互有重疊之處，可見就是這幾個句子，亦已經不完全是原貌的了。

這三段文字，包含著兩方面的內容：第一是刻畫了虡上飛龍的樣子，「象巨獸之屈奇」、「負大鐘而欲飛」狀其全貌；「戴高角之峨峨」、「舉其踞牙以左右相指」狀其頭部表情；「攫拏拳以蟉虯」狀其拳、身；「舒循尾之采垂」狀其尾部。一條威武雄壯、負鐘欲騰空而起的飛龍的形象，已活生生地呈現在我們面前，真正是「妙彫文以刻鏤」啊！第二是直陳本賦的主題思想，簨虡是古代懸掛編磬編鐘的木架，編磬編鐘都是樂器。編磬是編懸於「冂」形木架上的多數石磬或玉磬，其數有十二、十四、十六、二十四、二十八、三十二等不同的說法，而以主十六枚者居多。十六枚即十二正律加四半律，按不同的大小、厚薄，從低音到高音，八枚列懸於下簨，另八枚列懸於中簨，用木椎擊之以出聲成音。編鐘是編懸於「冂」形木架上的銅鐘，其制與編磬略同。無論是磬還是鐘，都是奴隸社會與封建社會舉行各種儀式奏樂時所採用的樂器，《周禮・春官》：「磬師，掌教擊磬、擊編鐘。」「鐘師，掌金奏，凡樂事，以鐘鼓奏九夏。」制禮作樂，確定封建社會貴族等級制的社會規範和道德規範，是賈誼一生努力追求的目標之一，本文以懸掛編鐘編磬的木架為描寫對象，實際上是寄託了他推崇禮治，希望盡快確立封建社會統治秩序的思想。因此他賦虡上之龍，就是為了表達他的這種信心與決心，所以他不無深情地寫道：「牧太平以深志」、「美哉爛兮，亦天地之大式。」

殘文雖短，含義深遠。這幾段文字，描寫極其生動，辭藻也很華麗，從中我們可以體會到賈誼作為一名辭賦家的高超寫作技巧。

鵩鳥賦

【題解】本文作於漢文帝六年（西元前一七四年），丁卯歲，賈誼謫居長沙後的第三年。《史記・屈原賈生列傳》說：「賈生為長沙王太傅，三年，有鴞飛入賈生舍，止於坐隅。楚人命鴞曰服。賈生既已適（謫）居長沙，長沙卑濕，自以為壽不得長，傷悼之，乃為賦以自廣。」文中假託與鵩鳥的問答，抒發自己懷才不遇的抑鬱不平情緒，並以老莊齊死生、等禍福的消極思想來自我排遣。鵩鳥，《文選》李善注引晉灼說：「《巴蜀異物志》曰：『有鳥小如雞，體有文色，土俗因形名之曰鵩，不能遠飛，行不出城。』」今俗名貓頭鷹。長沙古俗，認為鵩是不祥之鳥，至人家，主人死。本賦見於《史記》、《漢書》和《文選》，三書文字略有出入，《文選》本最為通行，今本文據《文選》。題目又作〈服賦〉，「服」同「鵩」。

單閼❶之歲兮，四月孟夏❷。庚子❸日斜❹兮，鵩集❺予舍❻。止於坐隅❼兮，貌甚閒暇❽。異物❾來萃❿兮，私怪⓫其故⓬。發⓭書⓮占之兮，讖⓯言其度⓰，曰：「野鳥入室兮，主人將去。」請問於鵩兮：「予去何之⓱？吉乎告我，凶言其災⓲。淹速⓳之度兮，語⓴予其期㉑。」鵩迺歎息，舉首奮翼；口不能言，請對以臆㉒。

【章　旨】本章敘鵬鳥入室，主人知此乃不祥之兆，便問鵬鳥吉凶之事和生死之期。

【注　釋】❶單閼　指太歲在卯。這年是漢文帝六年，丁卯年，故稱。❷孟夏　初夏。❸庚子　四月裡的一天。❹日斜　落日西斜。❺集　止。❻予舍　我所住的屋子。❼坐隅　座位的一角。❽閒暇　從容不驚的樣子。❾異物　怪物。指鵬鳥。❿萃　止。⓫私怪　暗自疑怪。⓬故　緣故。⓭發　打開。⓮書　此處指占卜所用的書。⓯讖　預示吉凶的話。⓰度　數；吉凶的定數。⓱之　往。⓲吉乎告我二句　如有吉事，你就告訴我；即使有凶事，也請把災禍說明。⓳淹速　指死生的遲速。淹，遲。⓴語　告訴。㉑期　指死生的期限。㉒鵬迺歎息四句　意為鵬鳥不會說話，而請用胸中所想的來對答。臆，胸。

【語　譯】在太歲在卯的這一年裡，正是四月裡初夏的時節。就在這個月的庚子日夕陽西下的時候，貓頭鷹飛進了我的住宅。牠停息在我座位的一角，樣子十分悠閒自得。奇怪的動物來這裡停止，心裡暗暗驚疑有何原因。我打開策數的書來占卜，書上讖言指出吉凶定數，書中說：「野鳥飛進了房屋，那麼主人將要離開這裡。」於是我就向貓頭鷹請教：「我離開這裡後要去何處？如果有吉事請向我說明，即使有凶事也請把災難告訴我。快速或遲緩的程度如何，希望貓頭鷹把期限指出。」貓頭鷹聽後深深地歎息，高高地抬頭，又展開雙翅；由於貓頭鷹口中不能說話，只好用猜度來代替回答。

「萬物變化兮，固❶無休息❷。斡流❸而遷❹兮，或推而還❺。形氣❻轉續❼兮，變化而❽蟺❾。沕穆❿無窮兮，胡可勝言⓫！禍兮福所倚⓬，福兮禍所伏⓭；憂喜聚門⓮兮，吉凶同域⓯。彼吳彊大兮，夫差以敗；越棲會稽兮，句踐霸世⓰。斯游遂成兮，卒被五刑⓱。傅說胥靡兮，乃相武丁⓲。夫禍之與福兮，何異糾纆⓳；命不可說兮，孰知其極⓴！水激則旱兮，矢激則遠㉑；萬物迴薄㉒兮，振盪㉓相轉。雲蒸㉔雨降㉕兮，糾錯㉖相紛㉗；大鈞㉘播物㉙兮，坱圠㉚無垠㉛。天不可預慮兮，道不可預㉜謀；遲速有命兮，焉識其時！」

【章旨】本章是鵬鳥答語的前半部分，直接回答了主人的問話，說明禍福相依，死生遲速屬於天命，不可知其期限。

【注釋】❶固　本來。❷休息　此處是停止的意思。❸斡流　運轉。斡，轉。❹遷　與下文「推」皆是推移變化的意思。❺還　回的意思。指循環反覆。❻形氣　二者相對而言。形是指天地間有形體之物，氣是指天地間無形體之物。❼轉續　互相轉化，繼續不斷。❽而　如。❾蟺　通「蟬」。蛻化。❿沕穆　精微深遠的樣子。⓫勝言　盡言。⓬倚　因。⓭伏　藏。⓮聚門　聚集在一戶人家的門內。⓯同域　同在一處。域，處所。⓰彼

吳彊大兮四句　用春秋時吳、越相爭事來說明成反為敗、失反為得的道理。初吳王夫差戰勝越國，後越王句踐興復越國，滅吳稱霸，事見《國語・越語》。彊，通「強」。棲，山居。句踐被吳圍困時，曾居於會稽山中。⑰斯遊遂成兮二句　李斯遊於秦國，達到成功，但在二世時被趙高所讒，終於身受五刑而死。事見《史記・李斯列傳》。五刑，《漢書・刑法志》：「當三族者，皆先黥、劓、斬左右趾，笞殺之，梟其首，菹其骨於市，其誹謗詈詛者，又先斷舌，故謂之具五刑。」此當係因秦遺法，但李斯係被腰斬而非笞殺。⑱傅說胥靡兮二句　傅說初在傅巖操勞役，殷高宗武丁以為他是賢人，用他為相。胥靡，古代一種刑罰。把罪人相繫在一起，使服勞役。⑲糾纆　繩索。糾，兩股撚成的繩索。纆，三股撚成的繩索。⑳極　終極；止境。㉑水激則旱兮二句　水受激則流速，箭受激則行遠。案，此指事物在宇宙間運行，各有常度，一遇外力即起意外變化。旱，通「悍」。這裡指水流的迅猛。㉒迴薄　往返不停，相互影響。迴，返。薄，迫。㉓振盪　即震盪。㉔蒸　因熱而上升。㉕降　因冷而下降。㉖糾錯　糾纏交錯。㉗紛　紛亂。㉘大鈞　造化。鈞，輪。指製造陶器所用的轉輪。陰陽造化，如大輪運轉以造器，故稱大鈞。㉙播物　指運轉造物。㉚坱圠　無邊際貌。㉛垠　邊際；界限。㉜預　干預；參與。

【語　譯】「世上萬事萬物都在變化，本來就不會停止和休息。一切事物都在運轉推移，永遠循環反覆發展不已。形和氣在相互連續轉化，這種變化就像蟬的蛻皮一樣。自然的道理真深奧無窮，語言哪裡能夠表達清楚！災禍是幸福的緊緊依靠，幸福之中也潛伏著災禍；憂愁、喜樂常聚於一家之門，吉祥凶咎往往同在一處。就像那十分強大的吳國，夫差卻失敗了成為俘虜；越國兵敗，退守會稽山上，句踐終於成為春秋霸主。李斯遊說秦國，取得成功，卻最終接受五刑的懲處。傅說雖是服勞役的刑徒，後來卻擔任了武丁的相國。因此說那災禍與幸福啊，像搓成繩的線緊相依附；命運不可以用語言解說，誰能預知它的終極在哪！水受外物阻擊，奔流加速，箭受外力推動，遠遠射出；萬物在反覆不停地激盪，不斷相互轉化，相互影響。水氣上升而成雲，下降而成雨，相互糾纏，錯雜紛亂不已；自然的造化力量能推動萬物，使它運行變化，無窮無際。天太高遠，不可預為思慮；道太深奧，不能預為謀計；是遲緩是快速，自有定數，哪裡能夠預知它的期限！」

「且夫❶天地為鑪❷兮，造化❸為工❹；陰陽為炭兮，萬物為銅❺。合❻散消❼息❽兮，安有常則❾？千變萬化兮，未始❿有極⓫！忽然⓬為人兮，何足控摶⓭；化為異物⓮兮，又何足患！小智自始兮，賤彼貴我⓯；達人大觀兮，物無不可⓰。貪夫殉⓱財兮，烈士⓲殉名。夸者⓳死權兮，品庶⓴每㉑生。怵迫㉒之徒兮，或趨西東㉓；大人不曲兮，意變齊同㉔。愚士繫俗㉕兮，窘若囚拘㉖；至人㉗遺物㉘兮，獨與道俱㉙。眾人惑惑㉚兮，好惡積億㉛；真人㉜恬漠㉝兮，獨與道息㉞。釋智遺形㉟兮，超然自喪㊱；寥廓忽荒兮，與道翱翔㊲。乘流則逝兮，得坻則止㊳；縱軀委命兮，不私與己㊴。其生兮若浮㊵，其死兮若休㊶；澹㊷乎若深淵之靜，泛㊸乎若不繫之舟。不以生故自寶兮，養空而浮㊹；德人㊺無累㊻，知命㊼不憂。細故蒂芥，何足以疑㊽！」

【章　旨】本章是鵩鳥答語的後半部分，進一步擴展議題，認為禍福生死原本等同齊一，知命則無憂。

【注　釋】❶且夫　句首語氣詞。❷鑪　熔煉金屬的火爐。❸造化　自然界的創造者。亦指自然。❹工　冶金工匠。❺陰陽為炭兮二句　陰陽所以鑄化萬物，故喻為炭；物由陰陽鑄化而成，故喻為銅。❻合　聚。❼消　滅。❽息　生。❾常則　一定的規律。❿未始　未嘗。⓫極　終極。⓬忽然　此猶偶然之意。⓭控摶　引持撫弄。此為愛惜珍重之意。控，引。摶，持。⓮化為異物　變成其他東西。指死。⓯小智自始兮二句　智慧淺小之人，只顧自身，以他物為賤，以自己為貴。⓰達人大觀兮二句　在達人看來，自己和萬物可以相互適應，故沒有一物不合適。達人，豁達豪放的人。大觀，心胸開朗，所見遠大。⓱殉　以身從物。⓲烈士　重義輕生之士。⓳夸者　好虛名、喜權勢之人。⓴品庶　眾庶；一般人。㉑每　貪。㉒怵迫　為利所誘，為貧所迫。㉓趨西東　東奔西走，趨利避害。西東，一本作「東西」。㉔大人不曲兮二句　意為大人對億萬變化的事物都等量齊觀，一視同仁。大人，指與天地合其德的偉人。即道德修養極高深的人。曲，被物質欲望所屈。意變，千變萬化。齊同，等同。㉕繫俗　為俗累所牽繫。㉖若囚拘　如罪人之受拘束。㉗至人　指有至德之人。這裡所說的「至人」與下文的「真人」、「德人」等都是用道家的概念。㉘遺物　遺去物累。㉙獨與道俱　獨和大道同行。道，這裡指老莊一派理想中的大道。㉚惑惑　惶惑無從。㉛好惡積億　言所愛所憎，積聚很多。億，極言其多。㉜真人　指得到天地之道的人。㉝恬漠　安靜。㉞與道息　和大道同處。息，止。㉟釋智遺形　放棄智慮，遺棄形體。㊱超然自喪　超脫於萬物之外，自忘其身。㊲寥廓忽荒兮二句　寫真人無為，入於寂寥，與道同遊。寥廓忽荒是元氣未分之貌。寥廓，深遠廣闊。忽荒，同「恍惚」。翱翔，浮遊。㊳乘流則逝兮二句　意為人生如木之浮水，行止隨流。乘，隨著。逝，去。坻，水中小洲。㊴縱軀委命兮二句　把身軀完全交給命運，不把它作為私物歸與自己。縱，放縱；任縱。㊵浮　浮寄；寄託。㊶休　休息。㊷澹　安靜；平靜安定。㊸泛　浮遊。㊹不以生故自寶兮二句　不因為活著的緣故寶貴自己，浮遊人世，修養空虛的靈性。自寶，自貴。㊺德人　有修養的人。㊻累　外物牽累。㊼知命　知天命。㊽細故蔕芥二句　點明全篇主旨。意思是，像鵩鳥飛入屋內這種瑣細之事，有什麼值得疑慮呢。蔕芥，即「芥蔕」。極小之物。

【語　譯】「天空大地就是冶金火鑪，自然造化就是工匠師傅；陰陽像炭一樣熔化萬物，萬物像銅一樣被熔被鑄。萬物或聚或散，或生或滅，哪裡會有一定規則法度？一切事物間的萬千變化，不曾有過終極，有過限度！投生人間，這是偶然的事，對待生命，何必貪戀珍惜；人死了，身體變成其他的東西，這是自然的規律，不必去憂慮！智慧淺小之人只顧自身，他們輕視外物，看重自己；心胸寬廣的人，所見遠大，對萬物一視同仁，無所不宜。貪財好利的人，以身殉財，重義輕生之士，身殉名節。追求虛榮的人，貪權喪生，一般世俗之人，害怕死去。為利所誘、為勢所迫的人，不免東奔西走，避害趨利；道德高尚的人，超脫物慾，等同齊一地對待萬物的變化。一般愚夫都被世俗羈絆，舉動拘束，像被禁的囚犯；高尚的人遺棄世俗物累，所以獨能與大道共存。眾人都被世俗利害迷惑，愛憎的感情已積滿胸間；得道的人處世清心寡慾，所以他獨能與大道共處。他絕聖棄智，遺棄形體，超脫萬物，並且忘記自我；進入深遠廣闊的恍惚境界，與大道合為一體。人生如木之浮水，順流則行；遇到水中小洲，就得停息；要任從身體完全交給命運，別把它看成是一己之物。活著是把身體寄託世上，死了也就好像長久休息；心情要像深淵一樣寧靜，行動要像自由的船那樣飄行。不因為活著而寶貴自己，要浮游人世，修養空虛靈性；道德高尚的人沒有牽累，了解天命，所以沒有憂愁。那些瑣細的一點點小事，有什麼值得我疑慮在心！」

【研　析】賈誼的〈鵩鳥賦〉，繼承了屈原騷體的抒情特點，屬於騷體賦。在《楚辭》到漢大賦的轉變中，賈誼是起了承前啟後的作用的。〈鵩鳥賦〉的特點是主客問答，這個客竟是鵩鳥。開頭直敘鵩鳥入室，止於坐隅，一副旁若無人之貌。主人從占卜之書中得知，野鳥至則主人死，便問鵩鳥吉凶之事和死生之期，流露出惶惑與不安。這樣的開頭，造成了一種特別的氣氛，為一種不祥的絕望的陰影所籠罩。而鵩鳥呢？卻舉止安詳，神態閒暇，與主人行動的惶惑不安形成對比。鵩鳥用悠閒的語調來回答主人的問話，說明了禍福相依、死生遲速屬於天命和禍福生死原本等同齊一、知命則無憂的道理。賦文的這一變化與開頭相比，有一種情緒上的逆轉。構思之妙，出人意料，卻又合情合理。鵩鳥的答話是層層深入，很有氣勢。先用形象的比喻，闡明老子所講的禍福相依的朴素的辯證思想，說明一時的禍不必憂，一時的福也不足喜，一切原本屬於天命，而天命是不可預知的，也就不必管其遲速之期。接著通過達人、至人、真人等的豁達思想與世俗之人的對比，說明世人的種種煩憂，都是執著於死生禍福之故。只要把生當作寄附於世，把死當作休息，把一切交託給命運，也就無所憂患了。最後兩句是全文中心思想所在，並照應開頭的讖語。文章的結尾亦很有韻味，沒有再敘主人的感受，讓讀者自己去思索，去體會，意味無窮。

騷

惜誓

【題解】本文是賈誼悼念屈原的作品，主旨與〈弔屈原賦〉相近。只不過〈弔屈原賦〉是用賈誼自己的語言表達，而本文則是代擬如屈原之語氣述出。惜是哀惜之意，誓是指誓約、信約，古時君與臣將共同治理天下，一定以信誓相約，而後感情融洽，言聽計從，這樣大事可成。楚懷王對於屈原，原有信約，後卻背棄，有始而無終，本文即為譏刺此事而作。

關於本文的作者，由於《史記》和《漢書》的〈賈誼傳〉中只提到〈弔屈原賦〉和〈鵩賦〉，對於本文卻未提及，故王逸的《楚辭章句》即對本文的作者提出懷疑，認為「〈惜誓〉者，不知誰所作也，或曰賈誼，疑不能明也。」但洪興祖《楚辭補注》認為本文的主旨和用詞都與〈弔屈原賦〉相同，是賈誼所作無疑。以後的學者大都同意這種意見。

惜余❶年老而日衰兮，歲忽忽❷而不反❸。登蒼天而高舉兮，歷眾山而日遠。觀江河之紆曲❹兮，臨四海之霑濡❺。攀❻北極❼而一息兮，吸沆瀣❽以充虛❾。飛朱鳥❿使先驅兮，駕太一⓫之象輿⓬。蒼龍⓭蚴虯⓮於左驂⓯兮，白虎騁而為右騑⓰。建日月⓱以為蓋兮，載玉女⓲於後車。馳騖⓳於杳冥⓴之中兮，休息虖㉑昆侖㉒之墟㉓。樂窮極而不厭㉔兮，願從容㉕乎神明。涉丹水㉖而駝騁㉗兮，右大夏㉘之遺風㉙。黃鵠㉚之一舉兮，知山川之紆曲。再舉兮，睹㉛天地之圓方㉜。臨㉝中國㉞之眾人兮，託㉟回飆㊱乎尚羊㊲。乃至少原㊳之野兮，赤松㊴、王喬㊵皆在旁。二子擁㊶瑟㊷而調均㊸兮，余因稱乎清商㊹。澹然㊺而自樂兮，吸眾氣而翱翔。念我長生而久仙兮，不如反㊻余之故鄉。

【章　旨】本章敘主人翁之出遊和出遊時所見所聞，以及因出遊遇神仙而產生回鄉之念頭。

【注　釋】❶余　我。❷忽忽　形容時間過得很快。❸反　通「返」。❹紆曲　曲折。❺霑濡　霑濕。此處指被海水霑濕了衣服。❻攀　攀登。❼北極　北方邊遠之處。亦指最北面的地方。一說指北極星。❽沆瀣　夜間的水氣、露水。舊謂仙人所飲。❾充虛　充飢。❿朱鳥　即朱雀。星宿名。二十八宿中南方七宿的總稱。⓫太一　此處指星名。即帝星。又名北極二，因離北極星最近，故隋唐以前文獻多以為北極星。⓬象輿　象牙裝飾的車。⓭蒼龍　即青龍。星宿名。為東方七宿的總稱。⓮蚴虬　屈曲走動的樣子。⓯左驂　指古代駕在車前左側的馬。⓰右騑　指古代駕在車前右側的馬。⓱建日月　指自己以日月之光為車蓋。⓲玉女　星宿名。在北方七宿之中，所以在車後。⓳馳騖　奔走趨赴。⓴杳冥　指極遠之處。㉑虖　通「乎」。㉒昆侖　山名。也作「崐崙」、「崑崙」。在西藏新疆之間，上多雪峰、冰川。㉓墟　大丘；山。㉔厭　飽；滿足。㉕從容　悠閒舒緩，不慌不忙。㉖丹水　神話傳說中的水名。王夫之《楚辭通釋》中說丹水出於崑崙山之西南。㉗駝騁　即「馳騁」。㉘大夏　洪興祖《楚辭補注》中說這是外國地名。地處西南方。㉙風　風俗。㉚黃鵠　一作「鴻鵠」。大鳥。㉛睹　見。㉜天地之圜方　古人認為天圓地方。㉝臨　面對著。㉞中國　上古時代，我國華夏族建國於黃河流域一帶，以為居天下之中，故稱中國，而把周圍其他地區稱為四方。後泛指中原地區。㉟託　憑藉；依賴。㊱回飆　回風；旋風。㊲尚羊　通「徜徉」。徘徊之意。㊳少原　神話中地名。㊴赤松　即赤松子。中國古代神話中的仙人。相傳為神農時雨師。一說為帝嚳之師。後為道教所信奉。㊵王喬　即王子僑。神話人物。據王逸《楚辭章句》，王子僑曾化為白蜺，持藥與崔文子，文子驚怪，引戈擊蜺，擊中，因墮其藥，俯而檢視，則為子僑之屍。文子取屍置於筐內，頃刻化為大鳥飛去。一說即王子喬。㊶擁　抱；持。㊷瑟　撥弦樂器。春秋時已流行，常與古琴或笙合奏。形似古琴，但無徽位，有五十弦、二十五弦、十五弦等種，今瑟有二十五弦、十六弦二種。每弦有一柱。上下移動，以定聲音。㊸均　古代校正樂器音律的器具。㊹清商　商聲。古代五音之一。古謂其調淒清悲涼，故稱。㊺澹然　恬淡的樣子。㊻反　通「返」。返回。

【語　譯】痛惜我的年紀一天天地衰老，歲月匆匆過去，不會倒還。為登蒼天，我要高高升起，飛過群山，並且越離越遠。觀賞長江、黃河的曲折流淌，渡過四海，風浪沾濕了衣裳。我攀上北極星，稍事休息，吸飲清氣，暫且充充饑腸。讓朱雀星飛在前面開路，駕著太一的象車緊緊追隨。盤曲的蒼龍是左邊邊馬，飛奔的白虎在車的右方。日月的光輝是我的車蓋，我把玉女載在車的後方。在寂靜昏暗的天上馳騁，在高高的崑崙山上休息。我快樂到了極點，一點兒也沒有厭煩的感覺，心中十分情願還能跟隨神明遊覽。我渡過了丹水，向前奔馳，十分推崇大夏國淳樸的風俗。鴻鵠鳥展翅一飛，就看清了蜿蜒的山山水水。第二次展翅沖天，就已經看清了天是圓的、地是方的。面對著華夏族那麼多的人，我又憑藉回風繼續遊蕩。我來到了少原的郊野，赤松子、王子僑都來到了身旁。兩位神仙已經把琴瑟調好，我稱贊最好的就是淒清悲涼的清商之曲。我心神安適，恬淡自樂，呼吸六氣，而自由翱翔。我想我雖然羨慕長生不老，永做神仙，其實還不如返回我那可愛的故鄉。

黃鵠後時❶而寄處❷兮，鴟梟❸群而制之。神龍❹失水而陸居兮，為螻蟻❺之所裁❻。夫黃鵠神龍若如此兮，況賢者之逢亂世❼哉！壽冉冉❽而日衰兮，固儃回❾而不息。俗流從而不止兮，眾枉❿聚而矯直⓫。或偷合⓬而苟進⓭兮，或隱居而深藏。苦稱⓮量⓯之不審⓰兮，同權⓱概⓲而就衡⓳。或推移⓴而苟容㉑兮，或直言㉒之諤諤㉓。傷誠是㉔之不察㉕兮，并紉㉖茅絲以為索。方世俗之幽昏兮，眩㉗白黑之美惡。放㉘山淵㉙之龜玉㉚兮，相與貴乎礫石㉛。梅伯㉜數諫㉝而致醢㉞兮，來革㉟順志而用國㊱。悲仁人㊲之盡節㊳兮，反為小人之所賊㊴。比干㊵忠諫而剖心兮，箕子㊶被㊷髮而佯㊸狂。水背流而源竭㊹兮，木去根㊺而不長。非重軀㊻以慮難㊼兮，惜傷身之無功。

【章　旨】本章為作者抒發感想的部分，痛惜屈原忠而被謗、信而見疑，最終為國捐軀的命運。

【注　釋】❶後時　此處意為沒有及時離去。❷寄處　寄居他人之地。❸鴟梟　貓頭鷹。❹神龍　謂龍。相傳龍變化神奇莫測，故稱。❺螻蟻　螻蛄和螞蟻。泛指微小的生物。❻裁　制裁；節制。❼亂世　混亂不安定的時代。❽冉冉　漸進貌。❾儃回　亦作「儃佪」、「邅回」。運轉之意。❿枉　邪曲；不正直。亦指邪事或邪曲之人。⓫矯直　原意是矯正彎曲使之直。此處意為揉直為枉。比喻納正直之士於邪僻。⓬偷合　迎合世俗。⓭苟進　苟且進取。⓮稱　輕重。⓯量　指多少。⓰審　明白；清楚。⓱權　秤砣。⓲概　用來平斗的木條。⓳衡　秤；秤桿。⓴推移　變化、移動或發展。㉑苟容　屈從附和以取容於世。㉒直言　直率地說；說實話。㉓諤諤　直言爭辯貌。㉔誠是　確實正確。㉕察　考察；調查。㉖并紉　合起來搓。㉗眩　迷惑；迷亂。引申為欺騙。㉘放　捨棄；廢置。㉙山淵　高山與深淵。㉚龜玉　指龜甲和寶玉。古代認為是國家的重器。㉛礫石　小石塊；砂石。㉜梅伯　商代貴族。相傳曾多次勸諫紂王，被紂王所殺。㉝數諫　屢次進諫。㉞醢　古代的一種酷刑。把人剁為肉醬。㉟來革　均為人名。相傳都是商紂王的佞臣。來，也叫惡來。㊱用國　意為見用於國。㊲仁人有德行的人。㊳盡節　盡心竭力，保全節操。多指赴義捐生。㊴賊　害；傷害。㊵比干　商代貴族。紂王的叔父，官少師。相傳因屢次勸諫紂王，被剖心而死。㊶箕子　商代貴族。紂王的諸父，官太師。封於箕（今山西太谷東北）。曾勸諫紂王，紂王不聽，把他囚禁。周武王滅商後被釋放。《尚書‧洪範》記敘他對答武王的話，出於後人擬作。㊷被　披。㊸佯　假裝。㊹背流而源竭　背離水源而水流乾竭之意。㊺去根　離開樹根。㊻重軀　看重生命，愛惜生命。㊼慮難　害怕受難。

【語　譯】鴻鵠不能及時離去，寄居他處棲息，貓頭鷹會群聚對牠制裁。神龍離開大海，棲於陸上就會遭到螻蛄螞蟻的侵害。鴻鵠、神龍處境都是這樣，何況賢人處在汙濁時代！年歲漸漸過去，人也一天天地衰老，時光原在運轉，永遠也不會停息。俗人隨波逐流，不可禁止，眾邪群聚，還想改造正直的人。有人迎合世俗，苟且進取，有人隱居山中，深藏不仕。人們苦於稱物輕重不分，並且怨恨量物多少相等。有人可推可移、苟合逞媚，有人直言敢諫、為人忠貞。痛惜君王是這樣的是非不分，像把茅草絲線搓合成繩。當今君臣糊塗，混亂不清，黑與白、善與惡辨別不明。拋棄高山的美玉、大澤的神龜，相互稱贊的是瓦片礫石。梅伯因多次規勸而遭到菹醢，來革阿諛順從而受到重用。悲哀的是正直的人保持節操，反而遭到奸佞小人的迫害。比干忠心進諫，慘遭剖心；箕子披髮裝瘋，逃脫了殘害。流水脫離源頭就會枯竭，樹木離開樹根必然枯萎。並非過分愛惜生命，害怕受難，是因為痛惜無緣無故地丟掉了生命，對國家並沒有補益。

已矣哉❶！獨不見夫鸞鳳❷之高翔❸兮，乃集大皇之野❹。循❺四極❻

而回周❼兮，見盛德而後下。彼聖人❽之神德❾兮，遠濁世❿而自藏⓫。使麒麟⓬可得羈⓭而繫兮，又何以異乎犬羊！

【章　旨】本章是結束語，提出應該像那些聖人那樣，遠離塵世躲藏起來，自己保護好自己。

【注　釋】❶已矣哉　語詞。猶言「算了吧」。❷鸞鳳　鸞鳥與鳳凰。比喻賢俊之士。❸高翔　高飛。❹大皇之野　即大荒之野。指廣闊的原野。❺循　順。❻四極　四方極遠之地。❼回周　迴旋；反覆。❽聖人　指品德最高尚、智慧最高超的人。❾神德　非凡的功德。❿濁世　混亂的時世。⓫自藏　自行隱藏。⓬麒麟　古代傳說中的一種動物。形狀像鹿，頭上有角，全身有鱗甲，尾像牛尾。古人以為仁獸、瑞獸，拿牠象徵祥瑞。⓭羈　馬絡頭。此處為羈絆之意。猶言束縛。

【語　譯】算了吧！你難道沒有見到鸞鳳已經高高飛翔，牠們展翅在廣闊的原野上。順著四方邊遠之地迴旋觀望，看見有大德的地方才肯下降。那些聖人都有非凡的品德，遠離混濁世界，自己躲藏起來。假如麒麟也可以束縛，那麼這麒麟與犬和羊有什麼區別呢！

【研　析】賈誼的〈惜誓〉在藝術風格上，與〈弔屈原賦〉和〈旱雲賦〉有著明顯的區別。如果說後兩者主要體現出一種鮮明的現實主義風格的話，那麼前者的浪漫主義色彩比較濃厚，因此在風格上更加接近於屈原的〈離騷〉等篇章。其中講的很多神話故事，也與〈離騷〉等篇章中的相同。又當代《楚辭》學泰斗姜亮夫先生指出屈原的藝術構思有一個公式：「他的構思大體可分三個階段：首先是從現實的願望出發；其次是在現實中理想不得實現，於是便去遠遊，去追求；最後是又回到了故鄉。」他認為「在賈誼的〈惜誓〉中有那麼些地方是很清楚地說明著屈原藝術構思的要義的。」(《楚辭今繹講錄》)姜亮夫先生的說法是很有道理的:屈原的作品證明了屈原藝術構思的奧秘;也道出了賈誼〈惜誓〉的要義。賈誼這篇賦作一方面反映了「賢者之逢亂世」所遇到的種種矛盾與困惑;另一方面,表現了賈誼對屈原處境的同情和替他如何擺脫這種困境而作的設想。這兩方面的感受,我們在讀這篇賦作時都能體會得到。

疏

論時政疏

【題解】〈論時政疏〉（又稱〈治安策〉、〈陳政事疏〉）寫於漢文帝七年（西元前一七三年）。據《漢書・賈誼傳》，時賈誼官拜梁懷王太傅，漢文帝曾數次詢其政事。由於當時匈奴強大，屢屢侵犯邊界；天下尚屬初步安定，制度疏闊；諸侯王的勢力又有了擴展，使禮儀或器物超過本分，占地超過古代留下的制度，淮南王、濟北王皆因叛逆罪被誅，所以賈誼多次上疏議論時政，希望能夠加強制度建設。又當時丞相絳侯周勃免官就國，有人告周勃謀反，周勃被逮捕，繫長安獄，不久無罪出獄，恢復爵邑。因此賈誼又以如何處理君臣關係問題規勸文帝，文帝以為是，於是養臣下有節，以後大臣有罪，皆自殺，不受刑。基於上述問題，在本〈論時政疏〉中，賈誼主要論述了三個問題：第一是關於諸侯王問題，他針對時弊，分析了當時中央和諸侯國的形勢，提出了縮小諸侯王的封地，削弱他們的勢力，以靖內亂的主張；第二是關於太子的教育問題，賈誼認為夏、商、周三個朝代享國日久，皆由於教太子有法，而秦朝不能教育好太子，因此速亡，提出必須重視太子的教育問題的主張；第三是關於如何處理君臣關係問題，賈誼提出了不以禮待大臣的害處，並論述了皇帝若能以禮義廉恥對待臣下，大臣定能以節行報答於皇帝的道理。賈誼的主張有些為漢文帝採納，收到了一定的效果。顏師古認為本文是班固在賈誼數疏的基礎上，「取其要切者」集綴而成的。

臣竊❶維❷事勢❸，可為痛哭者一，可為流涕❹者二，可為長太息者六❺，若其他背理❻而傷道❼者，難徧❽以疏舉❾。進言❿者皆曰天下已安已治矣，臣獨以為未⓫也。曰安且治者，非愚⓬則諛⓭，皆非事實⓮知治亂之體⓯者也。夫抱火厝⓰之積薪⓱之下而寢⓲其上，火未及然⓳，因謂之安，方今⓴之勢，何以異此。本末舛㉑逆，首尾衡決㉒，國制搶攘㉓，非甚有紀㉔，胡可謂治。陛下何不壹㉕令臣得孰㉖數之於前，因陳㉗治安之策，試詳擇焉。

【章　旨】本章說明了為什麼要上疏之緣由。

【注　釋】❶竊　私下。❷維　通「惟」。考慮；計度。❸事勢　情勢；形勢；情況。❹涕　淚。❺可為長太

息者六　本句疑當作「可為長太息者三」。太息，歎息。❻背理　違背準則。理，中國哲學概念。通常指條理、準則。❼傷道　破壞道德。傷，妨礙、傷害、損害之意。道，指法則、規律。又與事物特殊規律的「德」相對。即「道德」。道德是指一種社會意識形態，是人類社會在共同生活中形成的對社會成員起約束和團結作用的準則。❽徧　通「遍」。❾疏舉　逐條列舉。❿進言　向尊長者或平輩提供意見。⓫未　不曾；尚未。⓬愚　愚笨；愚蠢。⓭諛　奉承；諛媚。⓮事實　實際。⓯體　形勢。⓰厝　置。⓱薪　柴火。⓲寢　睡；臥。⓳然　通「燃」。⓴方今　當今。㉑舛　彼此相違背；錯亂、錯謬。㉒衡決　分開。衡，通「横」。決，通「缺」。㉓搶攘　紛亂貌。㉔紀　紀綱。㉕壹　助詞。用以加強語氣。㉖孰　通「熟」。㉗陳　陳述。

【語譯】我私下考慮天下的形勢，一可為之痛哭，二可為之流淚，六可為之長歎息，至於其他違背準則、破壞道德的，是很難全部在這篇奏章裡一一舉出的。現在向皇上進言的人都說天下已經安定、已經大治，而我卻獨以為還沒有啊。說已經安定、已經大治的話的人，不是愚蠢就是諛媚，都不是實際知道治和亂這種情況的人。拋了火種在堆積的木柴之下，而人卻睡在木柴上面，火還未燃燒，就說這是安全的，當前的形勢，與此沒什麼兩樣。本末倒置，首尾分開，國制混亂，沒有紀綱，怎麼可以說是「治」。皇上您為什麼不讓我熟練地數之於前，並且陳述達到天下大治的辦法，試著作詳審的抉擇。

夫射獵❶之娛❷，與安危❸之機❹孰❺急？使❻為治❼，勞智慮，苦身體，乏鐘鼓❽之樂，勿為可也。樂❾與今同，而加之諸侯軌道❿，兵革⓫

不動，民保首領⑫，匈奴⑬賓服⑭，四荒⑮鄉風⑯，百姓素朴，獄訟⑰衰息。大數⑱既得，則天下順⑲治，海內之氣，清和⑳咸理，生為明帝，沒㉑為明神，名譽之美，垂㉒於無窮。禮祖有功而宗有德，使顧成之廟㉓，稱為太宗，上配太祖，與漢亡極㉔。建久安之勢，成長治之業，以承祖廟，以奉六親㉕，至孝也；以幸天下，以育群生㉖，至仁也；立經陳紀，輕重同得，後可以為萬世法程㉗，雖有愚幼不肖㉘之嗣㉙，猶得蒙業而安，至明也。以陛下之明達，因使少㉚知治體者得佐下風㉛，致此非難也。其具㉜可素陳㉝於前，願幸毋忽。臣謹稽㉞之天地，驗之往古，按之當今之務，日夜念此至孰也，雖使禹㉟、舜㊱復生，為陛下計，亡㊲以易此。

【章　旨】本章是賈誼所上治安之策的總敘部分。

【注　釋】❶射獵　打獵。❷娛　歡樂。❸安危　平安與危險。❹機　事物的關鍵、樞紐。❺孰　誰；哪個。❻使　假如。❼治　有秩序；安定。與「亂」相對。❽鐘鼓　鐘和鼓。古代禮樂器。亦借指音樂。❾樂　娛樂。❿軌道　指遵法守制。⓫兵革　兵器衣甲的總稱。引申指戰爭。革，用皮革製的甲。⓬首領　頭頸。⓭匈奴中國古族名。亦稱胡。戰國時活動於燕、趙、秦以北地區。秦漢之際，冒頓單于統一各部，勢力強盛，統治了大漠南北廣大地區。漢初，不斷南下攻擾，漢朝基本上採取防禦政策。直至武帝時，對匈奴轉採攻勢，多次進攻漠北，匈奴受到很大的打擊，勢力漸衰。⑭賓服　服從；歸順。⑮四荒　四方荒遠的地方。也指四方邊遠的國度。⑯鄉風　嚮慕教化。鄉，同「嚮」。趨向。風，教化。⑰獄訟　訴訟案件。⑱數　術。謂治天下之道術。⑲順　趨向同一個方向。與「逆」相反。⑳清和　清靜和平。此處形容和平氣象。㉑沒　通「歿」。死亡。㉒垂永遠流傳下去。㉓顧成之廟　「顧成廟」是漢文帝所立之廟。《漢書．文帝紀》：「(四年冬)作顧成廟。」顏師古注：「服虔曰：『廟在長安城南，文帝作，還顧見城，故名之。』應劭曰：『文帝自為廟，制度卑狹，若顧望而成，猶文王靈臺不自成之，故曰顧成。』」㉔亡極　沒有盡頭。㉕六親　有幾種不同的說法：一說指父、母、兄、弟、妻、子；或說指父、母、兄、弟、夫、婦等。㉖群生　百姓。㉗法程　效法；效法的標準。㉘不肖　不成器；不賢。㉙嗣　繼承人。指後代君王。㉚少　稍稍。㉛佐下風　在下面作為輔佐。㉜具　辦法。指治安之策。㉝素陳　真誠地陳述。㉞稽　與下文「驗」、「按」的意義相近。考察的意思。㉟禹　傳說中古代部落聯盟領袖。姒姓，亦稱大禹、夏禹、戎禹。一說名文命。鯀之子。原為夏后氏部落領袖，奉舜命治理洪水。據後人記載，他領導人民疏通江河，興修溝渠，發展農業。在治水十三年中，三過家門不入。後以治水有功，被舜選為繼承人，舜死後擔任部落聯盟領袖。傳曾鑄造九鼎。其子啟建立了中國歷史上第一個奴隸制國家，即夏代。㊱舜　傳說中父系氏族社會後期部落聯盟領袖。姚姓，有虞氏，名重華，史稱虞舜。相傳因四嶽推舉，堯命他攝政。他巡行四方，除去鯀、共工、驩兜和三苗等四人。堯去世後繼位。又諮詢四嶽，挑選賢人，治理民事，並選拔治水有功的禹為繼承人。一說舜為禹所放逐，死在南方的蒼梧。㊲亡　通「無」。

【語　譯】打獵的娛樂和國家安危的大事哪一個緊急呢？假如治理國家只是費心耗神，勞累身體，很少有鐘鼓的快樂，那麼不去治理還可以。但問題是，國家治理以後，這些娛樂和現在是一樣的，再加上諸侯遵守法制，沒有戰爭，人民生命得到保證，匈奴服從歸順，四方邊遠的國度也嚮慕教化，人民樸素順服，訴訟案件很少出現。掌握了治國的根本法則，國家就能和順太平，社會將出現一片清平和睦，井然有序的景象。因為生前被稱為聖明的皇帝，死後就奉作聖明的神靈，美名流傳千古。根據古禮，有功的皇帝稱為祖，有德的皇帝稱為宗，國家治理好了以後，顧成之廟的神主就是太宗，上承太祖，和漢朝江山一起永存。成就長治久安的功業，以此來繼承祖業，奉養六親，這是最大的孝；以此來主宰天下，統治百姓，這是最大的仁；建立的制度和法則都合適恰當，可以作為以後子孫萬代效法的標準，後世即使有愚昧、幼弱、不成器的繼承人，也能夠因承舊業，保證天下平安，這是最大的明。憑著皇上的聖明通達，再加上那些略知治國大計的人在下面輔佐，達到這樣的大治局面並沒有什麼困難。皇上何不使他們的治安方略可以如實地陳述出來，希望皇上不要忽視這些意見。我認真考察了天地萬物，檢討了歷史經驗，研究了當前必須解決的事情，日夜思考這些意見，已經很成熟了，即使禹、舜再生為皇上謀劃，也別無其他辦法。

夫樹國❶固❷必相疑之勢❸，下數❹被❺其殃❻，上數爽❼其憂，甚非所以安上而全下也。今或親弟謀為東帝❽，親兄之子西鄉而擊❾，今吳又見告❿矣。天子春秋鼎盛⓫，行義未過⓬，德澤有加焉，猶尚如是，況莫大⓭諸侯，權力且十此⓮者乎！然而天下少安，何也？大國之王幼弱未壯，漢之所置傅⑮相⑯方握其事。數年之後，諸侯之王大抵皆冠⑰，血氣方剛，漢之傅相稱病而賜罷⑱，彼自丞尉⑲以上偏置私人，如此，有異淮南⑳、濟北㉑之為邪！此時而欲為治安，雖堯舜不治。黃帝曰：「日中必彗，操刀必割㉒。」今令此道㉓順而全安，甚易；不肯早為，已迺㉔墮㉕骨肉之屬而抗㉖剄㉗之，豈有異秦之季世㉘乎！夫以天子之位，乘今之時，因天之助，尚憚㉙以危為安、以亂為治；假設陛下居齊桓之處㉚，將不合諸侯而匡㉛天下乎？臣又以知陛下有所必不能矣。

【章旨】本章論述了諸侯之所以容易叛變的原因，提出應當有辦法來對付這種情況。

【注釋】❶樹國　指諸侯立國。❷固　堅固；強大。❸必相疑之勢　指諸侯王實力發展為與中央政權相比擬、相對立的地方。疑，通「擬」。❹數　屢次；經常。❺被　遭。❻殃　禍殃。❼爽　傷。❽親弟謀為東帝　指文帝弟淮南王劉長謀反事。文帝六年（西元前一七四年），劉長謀反，事發被拘，謫徙途中絕食而死。劉長封地淮南，在長安之東，故云「謀為東帝」。❾親兄之子西鄉而擊　指齊悼惠王劉肥之子濟北王劉興居謀反事。文帝三年（西元前一七七年），劉興居趁文帝去太原抗擊匈奴之機，企圖西取滎陽。文帝回師擊破叛軍，興居自殺。鄉，通「嚮」。❿今吳又見告　指吳王劉濞被人告發謀反。劉濞是漢高祖兄劉仲之子，後於景帝三年（西元前一五四年）以清君側、誅鼂錯為名，策動吳楚七國作亂，敗死。⓫春秋鼎盛　正當壯年。賈誼上疏時漢文帝為二十九歲。春秋，指年齡。⑫未過　無過錯。⑬莫大　猶最大。⑭十此　謂十倍於此。此，這裡指劉長、劉興居、劉濞等人。⑮傅　指朝廷為年幼諸侯所設的太傅少傅。⑯相　指朝廷為諸侯所設的行政長官。⑰冠　古時男子二十而加冠，謂之成人。國君則十二而冠。⑱稱病而賜罷　稱老病退休，恩准辭官。⑲丞尉　諸侯王國的下級官吏。⑳淮南　指淮南王劉長。㉑濟北　指濟北王劉興居。㉒日中必熭二句　語見《六韜》。意為太陽正中，該曬東西，否則失時。拿起刀來，就用以割肉，否則失利。都是時不可失之意。熭，曝曬。㉓道　指時不可失的道理。㉔迺　通「乃」。㉕墮　毀壞。㉖抗　舉。㉗剄　割頭；誅殺。㉘季世　末代。㉙憚　怕。㉚居齊桓之處　處於齊桓公之時。齊桓，齊桓公。春秋五霸之一。處，時。㉛匡　扶正；糾正。

【語譯】建立諸侯王國，一定要審察天子與諸侯王之間互相對立的形勢，臣下屢遭禍害，皇上也多次為此而憂傷，這實在不是使皇上放心、使臣下得以保全的辦法。如今有的親兄弟圖謀在東方稱帝，親侄子也西進襲擊朝廷，近來吳王的不法行為又被告發。天子年富力強，品行道義上也沒有什麼過錯，功德恩澤方面對他們也有所施加，而他們尚且如此，何況是那些最大的諸侯，權力比他們還要大十倍的呢！即使情況如此，但是天下還比較安定，這是什麼原因呢？因為大諸侯國的諸侯王的年紀小，還未長大成人，中央安置在那裡的太傅、丞相正掌握著王國的政事。幾年以後，諸侯王大多加冠成人，正是血氣方剛的年紀，而朝廷委派的太傅、丞相都將聲稱有病告老還鄉了，而諸侯王則自上而下地普遍安排自己的親信，如果這樣的話，他們的行為和淮南王、濟北王有什麼區別呢！到了那時，要想求得天下太平無事，即使是唐堯、虞舜再世也是辦不到的了。黃帝說：「到了中午一定要抓緊曝曬，拿著刀子一定要趕緊宰割。」現在要使治安之道推行得又順利又穩妥，還是十分容易的；假使不肯及早行動，到頭來就要毀掉親骨肉，而且還要拿刀割他們的脖子，這難道和秦朝末年的局勢有什麼兩樣嗎！憑著天子的權位，趁著當今的有利時機，靠著上天的幫助，尚且對轉危為安、改亂為治的措施有所顧慮；假設陛下處在齊桓公那個時候，大概不會去聯合諸侯來匡正天下的混亂局面吧？我知道陛下一定不那樣做的。

假設天下如曩時❶，淮陰侯❷尚王楚，黥布❸王淮南，彭越❹王梁，韓信❺王韓，張敖❻王趙，貫高❼為相，盧綰❽王燕，陳豨❾在代，令此六七公者皆亡恙❿，當是時而陛下⓫即天子位，能自安乎？臣有以知陛下之不能也。天下殽亂⓬，高皇帝⓭與諸公併起，非有仄室⓮之勢以豫席⓯之也。諸公幸者，迺⓰為中涓⓱，其次廑⓲得舍人⓳，材⓴之不逮㉑至遠也。高皇帝以明聖威武即天子位，割膏腴㉒之地以王諸公，多者百餘城，少者乃三四十縣，德至渥㉓也。然其後十年㉔之間，反者九起㉕。陛下之與諸公㉖，非親角材㉗而臣㉘之也，又非身封㉙王者也。自高皇帝不能以是一歲為安，故臣知陛下之不能也。

【章　旨】本章敘關係疏遠的異姓諸侯王容易背叛漢王朝。

【注　釋】❶曩時　從前。指漢高祖即帝位之時。❷淮陰侯　韓信。漢初封為楚王，後因人告發謀反，降為淮陰侯。高祖十一年（西元前一九六年），因有人告發其勾結陳豨謀反，被呂后所殺。❸黥布　即英布。漢初封為淮南王，高祖十二年（西元前一九五年）因謀反敗死。❹彭越　漢初封為梁王，高祖十一年以謀反罪被殺。❺韓信　戰國時韓襄王後代。漢初封為韓王。劉邦命他到太原抵禦匈奴，他多次與匈奴講和，劉邦生疑，韓王信遂勾結匈奴反漢，兵敗被殺。❻張敖　張耳之子。劉邦女婿，襲父位為趙王。因國相貫高謀殺劉邦事，降為宣平侯。❼貫高　趙王張敖相。劉邦經過趙國，貫高想謀殺他。事敗被捕，自殺。❽盧綰　漢初封為燕王。劉邦懷疑他參與陳豨謀反。盧綰懼，於高祖十二年投奔匈奴。❾陳豨　漢初封為陽夏侯。高祖十年（西元前一九七年）自立為代王，兵敗被殺。❿亡恙　無憂無病。意為健在。亡，同「無」。⓫陛下　對皇帝的尊稱。⓬殽亂　混亂。殽，同「淆」。⓭高皇帝　漢高祖劉邦。⓮仄室　側室。卿大夫的庶子為側室。⓯豫席　為之憑藉。豫，通「預」。席，藉。⓰迺　通「乃」。⓱中涓　皇帝的近侍官員。⓲廑　通「僅」。⓳舍人　地位低於中涓的近侍官員。⓴材　才能。㉑逮　及；相及。㉒膏腴　肥脂。亦可指土地肥沃。此處指肥沃富饒的地方。㉓渥　深厚。㉔十年　一本作「七年」。㉕反者九起　指高祖五年臧荼、利幾二起反叛事件及此後的黥布、彭越、韓信、盧綰、貫高、韓王信、陳豨等七起反叛事件。㉖諸公　指上文假設的那些健在無恙的開國重臣。㉗角材　較量才能的高下。角，較量。㉘臣　使臣服。㉙身封　親自封賜。

【語　譯】假如國家的局勢還像從前那樣，淮陰侯韓信還統治著楚，黥布還統治著淮南，彭越還統治著梁，韓王信還統治著韓，張敖還統治著趙，貫高還做趙國的相，盧綰還統治著燕，陳豨還在代，假令這六、七個王公都還健在，陛下在這時繼位做皇帝，自己能感到安全嗎？我敢斷言陛下是不會覺得安全的。在天下混亂的年代，高祖皇帝和這些王公們共同起事，並沒有子侄親屬的勢力作為憑藉。這些王公很走運的就成了皇帝貼身倚重的大臣，差一點的僅能作個供奉宮中事務的舍人官，才能相差實在太遠了。高祖皇帝憑著他的明智威武，即位做了天子，割出物產豐富、十分肥沃的土地，使這些大臣成為諸侯王，多的有一百多個城，少的也有三、四十個縣，恩德是極厚的了。然而在此以後的十年當中，反叛漢朝的事還發生了九次。陛下跟這些王公的關係，並非親自跟他們較量過才能使他們甘心為臣的，也不是親自封他們當諸侯王的。即使是高祖也不能因此而得到一年的安寧，所以我知道陛下也是不能得到安寧的。

然尚有可諉者，曰疏❶，臣請試言其親者。假令悼惠王❷王齊，元王❸王楚，中子❹王趙，幽王❺王淮陽，共王❻王梁，靈王❼王燕，厲王❽王淮南，六七貴人皆亡恙，當是時陛下即位，能為治乎？臣又知陛下之不能也。若此諸王，雖名為臣，實皆有布衣❾昆弟❿之心，慮⓫亡不帝制⓬而天子自為者。擅⓭爵人⓮，赦死罪，甚者或帶黃屋⓯，漢法令非行也。雖行不軌⓰如厲王者，令之不肯聽，召之安可致乎！幸而來至，法安可得加！動一親戚，天下圓視⓱而起，陛下之臣，雖有悍如馮敬⓲者，適⓳

啟其口，匕首已陷其胸矣。陛下雖賢，誰與領⑳此？故疏者必危，親者必亂，已然㉑之效㉒也。其異姓負強㉓而動者，僅已幸勝之矣，又不易其所以然㉔，同姓襲㉕是跡㉖而動，既有徵㉗矣，其勢盡㉘又復然㉙。殃禍之變，未知所移㉚，明帝處之尚不能以安，後世將如之何！屠牛坦㉛一朝解㉜十二牛，而芒刃㉝不頓㉞者，所排㉟擊㊱剝㊲割㊳，皆眾理㊴解㊵也。至於髖髀㊶之所，非斤則斧。夫仁義恩厚，人主之芒刃也；權勢法制，人主之斤斧㊷也。今諸侯王皆髖髀也，釋㊸斤斧之用，而欲嬰㊹以芒刃，臣以為不缺則折。胡不用之淮南、濟北？勢不可也。

【章旨】本章論皇帝的親屬，亦即同姓諸侯王容易反叛，其危害性較異姓諸侯王更甚。

【注釋】❶然尚有可諉者二句　意思是說，異姓諸侯王的造反，可以推託是他們與漢室沒有親屬關係。諉，推託。疏，關係遠。❷悼惠王　高祖之子，名肥。高祖六年（西元前二〇一年）封為齊王。❸元王　高祖之弟，名支。高祖六年封為楚元王。❹中子　趙隱王如意。高祖八個兒子，如意居中，故稱。高祖寵姬戚夫人所生。高祖九年（西元前一九八年）封為趙王，後被呂后害死。❺幽王　高祖之子，名友。高祖九年封為淮陽王，後徙趙，為呂后幽禁而死。❻共王　高祖之子，名恢。高祖十一年（西元前一九六年）殺彭越。封恢為梁王，後徙趙。❼靈王　高祖之子，名建。高祖十一年燕王盧綰降匈奴，十二年（西元前一九五年）封建為燕王。❽厲王　高祖少子，名長。高祖十一年淮南王英布謀反被殺，封劉長為淮南王。❾布衣　平民；老百姓。❿昆弟　親兄弟。⓫慮　大概；大約。⓬帝制　皇帝的儀制。⓭擅　擅自。⓮爵人　授封爵位於人。⓯黃屋　指用黃繒做車蓋給皇帝所乘的車子。屋，同「幄」。車蓋。⓰不軌　不法。⓱圓視　瞪目而視。表示驚愕。⓲馮敬　漢文帝時御史大夫。因告發淮南王劉長謀反，並建議處死劉長，為劉長刺客殺害。⓳適　剛才；方才。⓴領　治理；處理。㉑已然　已經成為事實。㉒效　證明；效驗。㉓負強　自以為自己強大。㉔所以然　指造成危亂的原因和根源。㉕襲　沿襲。㉖跡　道路。㉗徵　徵兆；證明；憑據。㉘盡　完全。㉙復然　指重新出現叛亂局面。㉚移　轉移；轉變。㉛屠牛坦　春秋時宰牛者，名坦。事見《管子・制分》。㉜解　解剖；分解動物的肢體。㉝芒刃　鋒利的刀刃。㉞頓　通「鈍」。㉟排　解剖。㊱擊　敲打。㊲剝　去皮。㊳割　切肉。㊴理　肌肉的紋理。㊵解　四肢關節間的縫隙。㊶髖髀　泛指牛的大骨頭。髖，胯骨。髀，大腿骨。㊷斤斧　砍刀。橫刃叫斤，豎刃叫斧。㊸釋　放下。㊹嬰　同「攖」。碰；觸動。

【語譯】不過上面這些情況，還有可以推託的理由，說是「關係疏遠」吧，那請允許我試著談談那些同姓諸侯王。假如讓齊悼惠王還統治著齊，楚元王還統治著楚，趙王還統治著趙，幽王還統治著淮陽，共王還統治著梁，靈王還統治著燕，厲王還統治著淮南，而這六七位貴人還都健在，在這個時候陛下即位做皇帝，能使天下太平嗎？我又知道陛下是不能的。像這些諸侯王，雖然名義上是臣子，實則自以為與皇帝的關係，就如同平民百姓中的兄弟關係那樣，而且不把皇帝看作至尊而服從，他們中大概沒有不想採用天子的制度，而把自己當作天子的。他們擅自把爵位賞給別人，赦免死罪，甚至有人乾脆乘坐皇帝專用的黃屋車，朝廷的法令，他們是不執行的。像厲王那樣不守法的人，命令都不聽從，又怎麼能召他來呢！幸而召來了，法律又怎麼能施加到他身上去呢！動了一個近親，天下諸王都圓瞪著眼，驚動起來了，陛下的臣子當中雖然有馮敬那樣勇敢的人，但是他剛開口揭發諸侯王的不法行為，刺客的匕首已經刺進他的胸膛了。陛下雖然賢明，誰能和您一起來治理這些人呢？所以說，關係疏遠的異姓諸侯王一定會危險，而關係很近的同姓諸侯王也一定會作亂，這是事實所證明了的。那些自負強大而發動叛亂的異姓諸侯王，朝廷已經幸運地戰勝他們了，可是又不改變那種容易釀成叛亂的制度，同姓諸侯王沿襲了他們的做法，也要起來造反，如今已有徵兆了，形勢又完全恢復到以前那種狀態了。災禍變化下去，還不知道要轉移到何處，英明的皇帝處在這種情況下，尚且不能使國家安寧，後代又將怎麼辦呢！屠牛坦一個早晨宰割了十二頭牛，而屠刀的鋒刃並不變鈍，這是因為他所刮、剔、割、剝的，都是順著肉的肌理下刀。若碰到胯骨、大腿骨，那就不是用砍刀就是用斧頭去砍了。同樣道理，仁義恩德好比是君王的刀刃；權勢法制好比是君王的砍刀、斧頭。如今的諸侯王好比是胯骨、大腿骨，如果放下砍刀、斧頭不用，而一定要用刀刃去碰，我認為刀子不是出缺口就是被折斷。為什麼仁義恩德不能用在淮南王、濟北王的身上呢？因為形勢不容許啊。

臣竊跡前事❶，大抵彊❷者先反。淮陰王楚❸最彊，則最先反；韓信❹倚胡❺，則又反；貫高因趙資❻，則又反；陳豨兵精，則又反；彭越用梁，則又反；黥布用淮南，則又反；盧綰最弱，最後反。長沙⑦迺⑧在二萬五千戶耳，功少而最完，勢疏而最忠，非獨性異人也，亦形勢然也。曩令樊⑨、酈⑩、絳⑪、灌⑫，據數十城而王，今雖已殘亡可也；令信⑬、越⑭之倫列為徹侯⑮而居，雖至今存可也。然則天下之大計可知已⑯。欲諸王之皆忠附，則莫若令如長沙王；欲臣子之勿菹醢⑰，則莫若令如樊、酈等；欲天下之治安，莫若眾建諸侯而少其力。力少則易使以義，國小則亡邪心。令海內之勢，如身之使臂，臂之使指，莫不制從⑱。諸侯之君不敢有異心，輻湊⑲并進而歸命⑳天子。雖在細民㉑，且知其安，故天下咸知陛下之明。割地㉒定制㉓，令齊、趙、楚各為若干國，使悼惠王、幽王、元王之子孫畢以次㉔各受祖之分地㉕，地盡而止，及燕、梁他國皆然。其分地眾而子孫少者，建以為國，空而置之，須㉖其子孫生者，舉㉗使君㉘之。諸侯之地其削頗入漢者㉙，為徙其侯國及封其子孫也，所以數償之㉚。一寸之地，一人之眾，天子亡所利焉，誠以定治而已，故天下咸知陛下之廉。地制壹定，宗室子孫，慮莫不王，下無倍畔㉛之心，上無誅伐之志，故天下咸知陛下之仁。法立而不犯，令行而不逆，貫高、利幾㉜之謀不生，柴奇、開章㉝之計不萌，細民鄉㉞善，大臣致順，故天下咸知陛下之義。臥赤子㉟天下之上而安，植㊱遺腹㊲，朝委裘㊳，而天下不亂，當時大治，後世誦聖。一動㊴而五業㊵附，陛下誰憚㊶而久不為此？

【章　旨】本章論述要想使天下太平無事，最好多多建立諸侯國而又削弱他們的勢力，這是處置當時大國諸侯的辦法。

【注　釋】❶竊跡前事　私下考慮以前發生的事件。❷彊　通「強」。❸淮陰王楚　指韓信任楚王時。❹韓信　指韓王信。❺倚胡　依靠匈奴。❻貫高因趙資　貫高借助了趙國的條件。指貫高為趙王張敖之相，力勸張敖反漢。❼長沙　長沙王吳芮。高祖五年（西元前二〇二年）封長沙王，至文帝時已傳四世。❽迺　通「乃」。❾樊　樊噲。漢初封為舞陽侯，因參與討平諸侯王叛亂和其他功勞，升為左丞相。❿酈　酈商。漢初封為曲周侯，後升為右丞相。⓫絳　絳侯周勃。文帝時為右丞相。⓬灌　潁陰侯灌嬰。官至太尉、丞相。⓭信　韓信。⓮越　彭越。⓯徹侯　爵位名。秦統一後所建立的二十級軍功爵中的最高級。漢初因襲，多授予有功的異姓大臣，受爵者還能以縣立國。後避武帝諱，改稱通侯或列侯。新莽時廢。⓰已　通「矣」。⓱菹醢　古代酷刑。把人殺死，剁成肉醬。⑱制從　當作「從制」。服從命令之意。⑲輻湊　亦作「輻輳」。集中；聚集。⑳歸命　歸順；投誠。㉑細民　小民。㉒割地　分割各諸侯王的封地。㉓定制　制定新的制度。㉔次　次序。指長幼之序。㉕分地　諸侯的封地。㉖須　等待。㉗舉　全；都。㉘君　做君主。㉙其削頗入漢者　指諸侯因罪而被收回的封地。㉚所以數償之　按照被削減或剝奪的土地如數歸還。「所」字當是衍文。㉛倍畔　背叛。倍，通「背」。㉜利幾　原是項羽部將。歸漢後封為潁川侯，後以謀反被誅。㉝柴奇開章　均為淮南王劉長謀士。參與劉長謀反。㉞鄉　通「嚮」。㉟赤子　初生兒。這裡指年幼的皇帝。㊱植　扶立。㊲遺腹　遺腹子。此處指皇帝死時還在母親肚內的皇子。㊳朝委裘　朝拜已故皇帝的衣裘。㊴一動　一項措施。指「眾建諸侯而少其力」。㊵五業　五項功業。指明、廉、仁、義、聖五項。㊶憚　怕。

【語譯】我私下裡考察以前發生的事件，基本上是勢力強大的先反。淮陰侯韓信統治著楚，勢力最強，就最先反叛；韓王信依靠了匈奴的力量，就又反叛了；貫高借助了趙國的條件，就又反叛了；陳豨部隊精銳，也反叛了；彭越憑藉梁國，也反叛了；黥布憑藉淮南，也反叛了；盧綰勢力最弱，最後反叛。長沙王吳芮只有二萬五千封戶，功勞很少，卻保全了下來，權勢最小，卻對漢朝最忠順，這不只是由於性情和別人不同，也是由於形勢使他這樣。倘若從前讓樊噲、酈商、周勃、灌嬰占據幾十個城為王，那現在他們由於作惡而亡國，也是可能的；假使讓韓信、彭越之流，只居於徹侯的地位，即使至今還能保全下來，也是可能的。既然如此，那麼天下大計就可以知道了。要想使天下諸侯王都忠心歸附漢朝，那最好讓他們都像長沙王一樣；要想讓臣下不至於像韓信那樣被殺掉，那最好讓他們像樊噲、酈商那樣；要想使天下太平無事，最好多多建立諸侯國而又削弱他們的勢力。力量弱的就易於用道義來控馭他們，國土小的就不會有反叛的邪念。這樣就使全國的形勢，如同身體使喚手臂、手臂使喚手指似的，沒有不聽從指揮與節制的。諸侯王不敢有反叛的想法，如同輻條聚向車軸一樣，都歸順天子。即使是一般老百姓，也會知道他們都很安穩，這樣天下就都知道陛下的英明了。分割土地、定出制度，把齊、趙、楚三個王國的土地分成若干侯國，讓齊王、趙王、楚王的子孫，全都依次受封先人的那份封地，一直到分完為止，對燕、梁等其他王國也是這樣。有些封地大而子孫少的，也可把它分成若干侯國，暫時空著擱置起來，等著他們的子孫出生以後，再封他當侯。諸侯王的封地，有不少已被削除收歸朝廷所有的，那就替他們調整侯國所在的地區，等到要封他的子孫到別的地方去時，按侯國的應有戶數，給以補償。一寸土，一口人。皇帝也不沾他們的利益，確實只是為了安定太平，這樣天下就都知道陛下的廉潔了。封土地的制度確定了，宗室子孫沒有不考慮保住自己的統治的，臣子沒有背叛的念頭，皇帝沒有討伐的想法，這樣天下就都知道陛下的仁德了。法令制定了沒有人觸犯；政令推行了沒有人抵觸。貫高、利幾一類的陰謀既不會出現，柴奇、開章那樣的詭計也不敢冒頭，老百姓都嚮往良善，大臣都向皇上表示他們的恭順，這樣天下都知道陛下的道義了。即使讓幼小的太子當皇帝，天下也很安定，即使立一個遺腹子作天子，讓臣子朝拜老皇帝遺留下來的皇袍，天下也不至於混亂，這樣就可以使當今的天下太平無事，後代也稱頌陛下的聖明。只要一採取這樣的措施，上述五方面的功業也就隨之而來了，而陛下又怕什麼而久久不這樣辦呢？

天下之勢方病大瘇❶，一脛❷之大幾如要❸，一指之大幾如股❹，平居❺不可屈信❻。一二指搐❼，身慮❽無聊❾。失今不治，必為錮疾❿。後雖有扁鵲⓫，不能為已。病非徒瘇也，又苦蹠盭⓬。元王之子，帝之從弟⓭也；今之王者⓮，從弟之子也。惠王之子，親兄子也⓯；今之王者，兄子之子⓰也。親者或亡分地以安天下，疏者或制大權以偪⓱天子。臣故曰：非徒病瘇也，又苦蹠盭。可痛哭者，此病是也。

【章旨】本章憤慨於當時親疏倒置的情況，認為這種情況如果再發展下去將是國家的大害。

【注釋】❶瘇　腳腫病。❷脛　小腿。❸要　同「腰」。❹股　大腿。❺平居　平時。❻信　通「伸」。❼搐　肌肉或筋抽縮牽動。❽身慮　自己擔心。❾無聊　猶無可奈何。❿錮疾　積久難治的病。錮，通「痼」。⓫扁鵲　戰國時名醫。姓秦，名越人。⓬蹠盭　腳掌向外面彎曲。蹠，腳掌。盭，同「戾」。扭折。⓭從弟　堂弟。楚元王劉交是劉邦之弟，其子劉郢即為文帝劉恆的堂弟。⓮今之王者　指文帝時楚王劉戊。他是劉郢的兒子。⓯惠王之子二句　指齊悼惠王劉肥。劉肥之子劉襄為齊哀王。劉肥為劉恆之兄，故稱劉襄為「親兄子」。⓰兄子之子　指劉則。劉則為劉襄子，襲封父位。⓱偪　同「逼」。威脅之意。

【語譯】如今天下的形勢，正像得了嚴重的浮腫病，小腿粗得差不多等於腰圍，腳趾粗得差不多等於大腿，平時既不能彎曲，又不能伸直。一兩個趾頭抽搐，自己就覺得無可奈何。喪失了今天的機會而不醫治，一定要成為難治的頑症。以後即使有扁鵲那樣高明的醫生，也無能為力了。再說，這個病還不僅僅是浮腫呢，又苦於腳掌扭折，不能走動。楚國元王的兒子，是陛下的堂兄弟；當今的楚王，是陛下堂兄弟的兒子。齊悼惠王的兒子，是陛下親哥哥的兒子；當今的齊王是陛下哥哥的孫子。陛下自己的子孫，有的還沒有分封土地，以便安定天下，旁支的子孫，倒有人掌握大權來威脅皇帝。所以我說：不僅是害了浮腫病，還苦於腳掌扭折了，不能走動。值得令人痛哭的就是這種病啊。

天下之勢方倒縣❶。凡天子者，天下之首，何也？上也。蠻夷❷者，天下之足，何也？下也。今匈奴嫚侮❸侵掠，至不敬也，為天下患，至亡已❹也，而漢歲致金絮采繒❺以奉之。夷狄❻徵令❼，是主上之操❽也；天子共❾貢，是臣下之禮也。足反居上，首顧❿居下，倒縣如此，莫之能解，猶為國有人乎⓫！非亶⓬倒縣而已，又類辟⓭，且病痱⓮。夫辟者一面病，痱者一方痛⓯。今西邊北邊之郡，雖有長爵⓰不輕⓱得復⓲，五尺以上不輕得息⓳，斥候⓴望烽燧㉑不得臥，將吏被介冑㉒而睡，臣故曰一方病矣。醫㉓能治之，而上不使，可為流涕者此也。

【章　旨】本章敘北邊西邊匈奴侵邊之患，表示自己有辦法能制服匈奴。

【注　釋】❶倒縣　即「倒懸」。指人頭腳或物上下倒置地懸掛著。❷蠻夷　我國古代對四方邊遠地區少數民族的泛稱。❸嫚侮　輕侮的意思。嫚，通「侮」。❹亡已　即「無已」。不會停止。❺采繒　彩色的絲織品。采，通「彩」。❻夷狄　古時對西面北面少數民族的泛稱。❼徵令　徵召和號令。❽操　操持。❾共　通「供」。供給之意。❿顧　反的意思。⓫倒懸如此三句　意為顛倒如此，而不能解救，難道說國家有明智的人嗎。⓬亶但。⓭辟　足病。⓮痱　風病。⓯痛　病。⓰長爵　高的爵位。⓱輕　輕易。⓲復　復除。指免除徭役。⓳五尺以上句　意為無論年歲大小，除小兒外，皆當身為戰備。五尺，指小兒。⓴斥候　偵察；候望。此處指偵察的人。㉑烽燧　古代邊防報警的信號。白天放煙叫烽，夜間舉火叫燧。㉒介胄　即甲冑。指鎧甲和頭盔。㉓醫　醫病之人。此處是賈誼自喻。

【語　譯】現在天下的形勢正好顛倒過來了。凡是做天子的人，應該是整個天下的頭部，為什麼呢？地位高的緣故。而邊遠地區的少數民族，應該是整個天下的腳部，為什麼呢？地位低的緣故。現在匈奴輕侮大漢，經常侵略騷擾，這是極不恭敬的態度，已經成為天下人的一大憂患，而且是不會停止的，而漢朝廷還每年向他們進貢金銀和綢緞。少數民族的徵召和號令，本來是皇帝所操持的；對天子貢品的進獻，這是做臣子的人應盡的禮節。但現在卻腳部在上面，而頭部反在下面，顛倒如此，又不能解救，難道說國家有明智的人嗎！不僅僅是上下顛倒的問題，還有足病，又有風病。有足病者走路向一邊傾斜，有風病者身體有一大片部位疼痛。現在國家西部邊境和北部邊境的州郡，即使派出了有高的爵位的官員去鎮守還是不能免除徭役，除了小兒之外，無論年歲大小均得參加征戍，偵察人員眼睛盯著烽火信號，不能躺下休息，部隊官兵都要穿著衣甲、戴著頭盜睡覺，因此我說這就像人得了風病，身體有一大片部位要疼痛。這種病，醫師是能夠醫治的，但是皇帝卻不讓醫生看病治病，這是可以為之流淚的啊。

陛下何忍以帝皇之號為戎❶人諸侯，勢既卑辱，而旤❷不息，長此安窮❸？進謀者率以為是，固不可解也，亡具❹甚矣。臣竊❺料匈奴之眾，不過漢一大縣❻，以天下之大困於一縣之眾，甚為執事❼者羞之。陛下何不試以臣為屬國之官❽，以主匈奴？行臣之計，請必係單于❾之頸而制其命，伏中行說❿而笞⓫其背，舉匈奴之眾唯上之令⓬。今不獵猛敵而獵田彘⓭，不搏反寇而搏畜菟⓮，翫細娛而不圖大患，非所以為安也⓯。德可遠施，威可遠加，而直數百里外威令不信，可為流涕者此也。

【章　旨】本章繼續論制匈奴之策，認為一個強大的國家是德可遠施、威可遠加的，但現在卻是數百里外威令不行，這實在是一件太為可惜的事情。

【注　釋】❶戎　舊時「戎」或「西戎」。是中原人對西北各族的泛稱之一。❷旤　即「禍」字。❸長此安窮　長久地這樣下去，什麼時候是盡頭。❹亡具　指沒有治安的辦法。亡，通「無」。❺竊　私下。❻縣　地方行政區劃名。周時已有縣邑。春秋時期秦、晉、楚等大國將兼併土地置縣，故縣多在邊地。後各國將縣制內移，邊遠地置郡。秦統一六國後，始以郡統縣，歷代因襲。❼執事　從事工作；主管其事。❽屬國之官　指典屬國。掌管民族交往的事務，屬官有九譯令，秦始置，西漢因襲。❾單于　匈奴最高首領的稱號。全稱應作「撐犁孤涂單于」。匈奴語「撐犁」是「天」，「孤涂」是「子」，「單于」是「廣大」之義。通常簡稱為「單于」。❿中行說　燕人，原為漢文帝宦者，漢文帝遣宗室女公主和親為單于閼氏，使說隨行傅公主，說不欲行，說：「必我行也，為漢患者。」中行說至匈奴而降，單于甚加親幸。中行說以漢事告匈奴，數次為匈奴出謀劃策對付漢朝。中行，複姓。說，名。⓫笞　用竹板或荊條打人脊背或臀部的刑罰。即「笞刑」。⓬唯上之令　聽天子之命。⓭田彘　田家。即野豬。⓮菟　通「兔」。⓯翫細娛而不圖大患二句　意為研習一些無關緊要的娛樂活動而不對付嚴重的禍患，這一切都不是為國家的治安考慮的。

【語譯】 陛下您怎麼能忍心以大漢皇帝的尊嚴來做那匈奴的諸侯呢，這樣就使國家處於卑賤恥辱的地位，並且禍患也不會停止，長久地這樣下去，什麼時候才是盡頭呢？進獻謀略的人還都以為這樣的做法是對的，這本來就不可理解了，也由此可見沒有治安辦法的情況已經到了極點。我私下認為匈奴的人口，不過相當於漢朝的一個大縣，以我們這樣大的國家反而被這樣一個縣的人口所困擾，我實在是太替您手下那些人感到難為情了。陛下您為什麼不試著派我擔任典屬國這個官位，來主持對付匈奴的事務？如果施行我的計策，我一定可以用繩子綁了匈奴單于的脖子，並且制服他，掌握他的命運，降服中行說，並且鞭打他的背脊，讓全體匈奴的人只聽命於陛下。現在是不去獵兇猛的野獸，而去獵田豬，不打造反的強盜，卻去打野兔，研習一些無關緊要的娛樂活動，而不對付嚴重的憂患，這一切都不是為國家的治安考慮的呀。德政可以向遠方推行，威令可以向遠方施加，但現在卻連幾百里之外，朝廷的威嚴和命令都已沒有效果，這是可以為之流淚的啊。

今民賣僮❶者，為之繡衣❷絲履❸偏諸緣❹，內❺之閑❻中，是古天子后服，所以廟而不宴❼者也，而庶人❽得以衣婢妾。白縠❾之表，薄紈❿之裡，緁以偏諸⓫，美者黼繡⓬，是古天子之服，今富人大賈嘉會召客者以被牆。古者以奉一帝一后而節適⓭，今庶人屋壁⓮得為帝服，倡優⓯下賤得為后飾，然而天下不屈⓰者，殆⓱未有也。且帝之身自衣皁綈⓲，而富民牆屋被文繡；天子之后以緣其領，庶人孽⓳妾緣其履。此臣所謂舛⓴也。夫百人作之，不能衣一人，欲天下亡㉑寒，胡可得也。一人耕之，十人聚而食之，欲天下亡饑，不可得也。饑寒切於民之肌膚，欲其亡為姦邪㉒，不可得也。國已屈矣，盜賊直㉓須時耳，然而獻計者曰：「毋動為大㉔耳。」夫俗至大不敬也，至亡等㉕也，至冒㉖上也，進計者猶曰毋為，可為長太息者此也。

【章　旨】本章論當世上下沒有等級觀念，認為這是一件值得歎息之事。

【注　釋】❶僮　奴婢。❷繡衣　繡花的衣服。❸絲履　絲織品做的鞋子。❹偏諸緣　鑲嵌牙條一樣給鞋子鑲上邊條。❺內　同「納」。❻閑　用於遮攔阻隔的柵欄。此處作賣奴婢之用。❼所以廟而不宴　進廟時穿，平時則不穿，表示珍貴。宴，平時。❽庶人　百姓。❾縠　縐紗。❿紈　白色細絹。⓫緁以偏諸　鑲以邊條。緁，同「緝」。縫衣邊。⓬黼繡　古代繡有斧形花紋的衣服。黼，織為斧形。繡，刺成各種花紋。⓭節適　適度且很合宜。⓮屋壁　裝飾牆壁。⓯倡優　古代稱以音樂歌舞或雜技戲謔娛人的藝人。倡，指樂人。優，指伎人。古本有別，後常並稱。⓰屈　指財力用盡。⓱殆　大概；恐怕。⓲皂綈　黑色的絲織物。皂，黑色。綈，古絲織物名。⓳𡤼　通「孽」。舊時指庶子或旁支。⓴舛　相違背。㉑亡　通「無」。下同。㉒姦邪　邪惡詐偽。㉓直　只。㉔毋動為大　意為天下安定，不可動搖。㉕亡等　沒有尊卑之等級。㉖冒　犯。

【語　譯】現在的百姓中有出賣奴婢的，給奴婢穿上有花紋的絲綢衣服和鞋子，還同鑲嵌牙條一樣地給鞋子也鑲上邊條，再納入出賣奴婢的欄中，這是古代天子和皇后穿的衣服，而且皇帝也只是進廟時穿一下，平時並不穿的珍貴禮服，但是那些沒有地位的人卻拿來打扮奴婢和小老婆。用白縠做表面、薄紈做裡子，再鑲以邊條，美麗地織成斧子形狀，刺成各種花紋的，是古代天子的服飾，現在那些有錢人和大商人舉行宴會、召來客人時卻用來披在牆上。古代的人以供奉一位皇帝、一位皇后而認為適度合宜，而現在老百姓家中裝飾牆壁竟可以用皇帝的服飾，那些演藝人員和下賤的人也可以使用皇后的頭飾，這樣做的結果，天下的財物不會用盡，大概是不可能的了。而且現在皇帝本人卻穿黑繒衣服，但是富裕的百姓卻連牆壁都披上繡有花紋的絲織品；天子的正妻（皇后）只是衣領鑲上嵌條，老百姓卻連庶出的子女和小老婆的鞋口也鑲上嵌條。這一切我都認為是違背準則了。一百人做的，還不夠一個人穿，要想使天下沒有挨凍的人，這怎麼可能呢。一個人耕種，有十個人聚集在一起吃飯，要想使天下沒有挨餓的人，這是不可能的。饑餓和寒冷直接關係到老百姓的生命，因此要想使人不要做壞事，這也是不可能的了。國家的力量已經很弱了，強盜和竊賊只須等待時間了，可是獻計者卻說：「天下是安定的，是不可動搖的。」風氣已經發展到大不敬了，發展到沒有尊卑等級觀念了，發展到犯上作亂了，獻計者卻還在說不可動搖，這是值得為之長歎息的事啊。

商君❶遺❷禮義❸，棄仁恩❹，并心❺於進取❻，行之二歲，秦俗❼日敗❽。故秦人家富子壯則出分❾，家貧子壯則出贅❿。借父耰鉏，慮有德色⓫；母取箕箒⓬，立而誶語⓭。抱哺其子，與公併倨⓮；婦姑⓯不相說⓰，則反唇而相稽⓱。其慈子耆利，不同禽獸者亡幾⓲耳。然并心而赴時者，猶曰蹷⓳六國，兼⓴天下。功成求得矣，終不知反廉愧㉑之節，仁義之厚。信㉒并兼之法，遂進取之業，天下大敗。眾掩㉓寡，智欺愚，勇威㉔怯，壯陵㉕衰，其亂至矣。是以大賢㉖起之㉗，威震海內，德從天下㉘。曩㉙之為秦者，今轉而為漢矣。然其遺風餘俗㉚，猶㉛尚未改。今世以侈靡㉜相競㉝，而上亡㉞制度，棄禮誼㉟、捐㊱廉恥㊲日甚，可謂月異而歲不同矣。逐利不耳，慮非顧行也㊳，今其甚者，殺父兄矣。盜者剟㊴寢㊵戶之簾，搴㊶兩廟㊷之器，白晝大都㊸之中剽㊹吏而奪之金。矯偽者出幾十萬石粟，賦六百餘萬錢，乘傳而行郡國，此其亡行義之尤至者也㊺。而大臣特以簿書不報，期會之間，以為大故；至於俗流失，世壞敗，因恬而不知怪，慮不動於耳目，以為是適然耳㊻。夫移風易俗㊼，使天下回心而鄉㊽道，類非俗吏之所能為也。俗吏之所務，在於刀筆筐篋，而不知大體㊾。陛下又不自憂，竊為陛下惜之。夫立君臣、等上下，使父子有禮，六親有紀㊿，此非天之所為，人之所設(51)也。夫人之所設，不為不立，不植(52)則僵(53)，不修則壞。《筦子》(54)曰：「禮義廉恥，是謂四維(55)，四維不張，國乃滅亡。」使筦子愚人也則可，筦子而少知治體，則是豈不可為寒心哉！秦滅四維而不張，故君臣乖亂56，六親殃戮57，姦人並起，萬民離叛，凡十三歲而社稷為虛58。今四維猶未備59也，故姦人幾幸60，而眾心疑惑61。豈如今定經制62，令君君臣臣63，上下有差，父子六親，各得其宜，姦人亡所幾幸，群眾信上而不疑惑。此業壹定，世世常安，而後有所持循64矣。若夫經制不定，是猶65度江河亡66維楫67，中流而遇風波，船必覆矣。可為長太息68者此也。

【章旨】本章論述漢朝政府自建立以後，繼承了秦朝流傳下來的一些陋俗，為防止它的危害，應緊急地制訂一些政策和制度。

【注釋】❶商君　商鞅（約西元前三九〇～前三三八年），戰國衛人。姓公孫名鞅。以封於商，也稱商鞅、商君。仕魏，為魏相公孫痤家臣。痤死，入秦，歷任左庶長、大良造。相秦十九年，輔助秦孝公變法，提出「治世不一道，便國不法古」的主張，廢井田，開阡陌，獎勵耕戰，使秦國富強。孝公死，公子虔等誣陷鞅謀反，車裂死。《史記》有傳。❷遺　棄。❸禮義　禮法道義。禮，規定社會行為的法則、規範、儀式的總稱。義，謂符合正義或道德規範。❹仁恩　仁愛恩德。仁，古代一種含義廣泛的道德觀念。其核心指人與人相親或愛人。恩，德惠。❺并心　專心。并，專；專一。❻進取　努力向前，有所作為之意。❼俗　風俗。❽敗　壞。❾出分　富有人家分一些財產給兒子，使之自立門戶。❿出贅　男子到女家就婚，成為女家的一員。也謂之贅婿，時人以此為賤。⓫借父耰鉏二句　意為以耰鉏借給自己父親，也要容色自矜，以為恩德。耰，同「櫌」。狀如槌，用以擊碎土塊，用以平整土地。鉏，同「鋤」。鋤草翻地的農具。⓬箕箒　畚箕和掃帚。皆掃除之具。⓭誶語責罵。⓮與公併倨　媳婦抱子而哺，乃與其公公並坐，無禮之甚。倨，通「踞」。⓯婦姑　婆媳。⓰說　通「悅」。⓱稽　計較；爭論。⓲其慈子耆利二句　意為秦人不知孝義，只知道喜愛自己的孩子和貪圖利益，這種德行離禽獸也相差無幾了。耆，通「嗜」。亡，通「無」。⓳蹷　顛覆。⓴兼　兼併。㉑廉愧　即廉醜、廉恥之意。㉒信通「伸」。㉓掩　掩襲。即趁人不備，突然襲擊。㉔威　脅迫。㉕陵　通「淩」。欺淩。㉖大賢　指漢高祖劉邦。㉗起之　起來領導反秦戰爭。㉘德從天下　天下從其德。㉙曩　從前。㉚遺風餘俗　遺留下來的風俗習慣。㉛猶　還。㉜侈靡　生活奢侈靡爛。㉝競　比賽。㉞亡　通「無」。㉟禮誼　禮義。㊱捐　棄。㊲廉恥　廉潔知恥。㊳逐利不耳二句　意謂所關心的，只是能否追求到利益，而不考慮行動的善惡結果。㊴剟　割取。㊵寢陵上之寢。室有東西廂曰廟，無東西廂曰寢。㊶搴　取。㊷兩廟　高祖、惠帝之廟。㊸大都　古代王畿外圍公的采地。㊹剽　劫。㊺矯偽者出幾十萬石粟四句　意為那些假託皇帝詔令的人，拿出倉粟近十萬石，又得賦稅六百餘萬錢，乘著傳車巡視郡國，這是所有壞事中至為奸偽的事。矯，假託；詐稱。幾，近。傳，傳車；驛站的車馬。行，循行；巡視。尤至，奸偽至極。㊻而大臣特以簿書不報八句　大意指大臣只以簿書期會為急，至於世俗放蕩，民風敗壞，反而恬然不以為怪。特，徒。期會，在期限內執行政令。流失，同「流泆」。放縱；放蕩。恬，安。適，當。㊼移風易俗　改變風氣與習俗。㊽鄉　通「嚮」。㊾俗吏之所務三句　大意是：俗吏所能做到的，是用刀筆治文書，筐篋貯財幣，做些科條徵斂之類的工作，卻不懂治亂的根本關鍵所在。㊿紀　理。(51)設　安排。(52)植　建。(53)僵　偃；停息。(54)筦子　筦，同「管」。管子，即管仲。管仲，生年不詳，卒於西元前六四五年。春秋齊潁上人，名夷吾，字仲。初事公子糾，後相齊桓公，主張通貨積財，富國強兵，九合諸侯，一匡天下，使桓公成為春秋五霸之首。現存《管子》一書，為後人假託之作。(55)禮義廉恥二句　古代提倡的四種道德規範。認為是治國之四綱，亦稱「四維」。(56)舛亂　顛倒錯亂。(57)六親殃戮　親人遭到殺戮。六親，歷來說法不一，據賈誼《新書・六術》，以父、昆弟、從父昆弟、從祖昆弟、從曾祖昆弟、族兄弟為「六親」。58凡十三歲而社稷為虛　秦國共經歷了十三年而國家被滅，社稷變為荒丘。十三年，一本作「十五年」，當是。秦始皇二十六年併天下，三十七年崩；二世三年八月，為趙高所弒；子嬰立四十六日出降，秦亡。社稷，古代帝王、諸侯所祭的土神和穀神。社，土神。稷，穀神。社稷舊時亦用為國家的代稱。59備　完備；齊全。60幾幸　冀幸；僥倖希望。61疑惑　懷疑；迷惑。62經制　治理國家的制度。63君君臣臣　君為君德，臣為臣道。64持循　猶遵循。65猶　好比。66亡　通「無」。67維楫　亦作「維檝」。繫船的繩和船槳。68太息　歎息。

【語　譯】商君拋棄了禮義仁恩，專心努力地向前邁進，力圖有所作為，變法進行了兩年，結果秦國的風俗一天比一天差。因此秦國的人家，如果家庭是富足的，兒子長大了就要分家，如果家庭是貧困的，兒子長大了就要入贅到有錢人家去。兒子借給父親一些農具，兒子的臉上也要現出給人以恩德的樣子；母親拿了掃帚和畚箕，媳婦也要站著質問一番。媳婦懷裡抱著孫子餵奶，竟敢與公公並排坐在一起；婆婆和媳婦互相厭惡，一遇到不高興的事情就反唇相譏。秦人不知孝義，只知道愛護自己的孩子和貪圖利益，這種德行離禽獸也相差無幾了。但是大家專心并力地奮鬥，最後還是顛覆了六國的政權，統一了全中國。事情已經成功了，可是不知道在功業已成之後提倡道德廉恥的觀念，恢復對仁愛情義的重視。依然推行兼併天下時的政策來統治天下，結果國家弄得一敗塗地。人多的打人少的，聰明的欺侮愚蠢的，勇敢的嚇唬膽怯的，雄壯的凌辱衰弱的，這個亂真是亂到極點了。因為這個原因，所以大賢人高祖皇帝出來領導反秦戰爭，威震海內，天下的人都歸順在他的賢德之下。過去為秦朝出力氣的人，現在都轉而為漢朝出力了。但是秦朝所遺留下來的風俗習慣，還沒有來得及改正。現在的世道是以生活的奢侈靡爛程度來進行競爭比賽的，但是朝廷沒有制度規定下來，以致拋棄禮義廉恥的程度一天比一天嚴重，可以說是一月比一月不同、一年比一年嚴重。人們只考慮如何獲得利益，根本不考慮事情的善惡後果和程度，現在鬧得最厲害的，是殺自己的父親與哥哥。強盜割取陵寢門上的簾子，拿走高祖和惠帝廟裡的器物，大白天在大城市的街上劫持官吏，奪走錢財。還有人膽敢假造詔令以取出倉粟近十萬石，又得賦稅六百餘萬錢，乘著傳車去巡視郡國，這是所有壞事中最為奸偽的事情。而那些執掌大權的大臣們，只把文案簿書的答報和限期執行政令作為自己最緊要的事情；至於風俗流泆，世道敗壞，反而不以為怪，耳朵不聽，眼睛不看，一點兒也不加考慮，以為這是很正常的事。移風易俗，讓天下人回心而回到正道上來，這種工作不是一般的官吏所能夠做的啊。一般的官吏所做的，在於用刀筆處理文書，用筐篋貯藏財幣，而他們卻不懂國家治亂的根本關鍵所在。陛下又不知道自己去操心，我私下為陛下感到可惜。確定君臣的關係、確定上下的等級，使父子之間有禮，親屬之間有理，這些都不是上天所能作的，而是要靠人去安排的。要人去安排的事理，人不去做就不能建立，不能建立就會停息，不去修改就會敗壞。《管子》說：「禮義廉恥這四種道德規範，是治國之四綱，四綱如不張開，國家就要滅亡。」如果認為管子是愚笨的人，說他的話靠不住，那麼沒有禮義廉恥也是可以的，如果認為管子是英明的人，說他微識治體，那麼應當為此寒心和擔憂！秦朝拋棄了禮義廉恥這四綱，因此君臣關係顛倒錯亂，親屬遭到殺戮，奸人紛紛出來，人民便起來反抗，一共才過了十三年，國家就滅亡了。現在四綱還不完備，因此奸人存有僥倖的希望，而民眾的心裡則存在著疑惑。還不如現在就定下一些常規，讓君行君道，臣行臣道，上級和下級各有差別；父子和親屬，也都各自處在適宜的位置上，使奸人失掉那分僥倖的希望，群眾都相信皇上而沒有疑惑之心。這件功業一經定下，一代一代都可保持安定，而且以後還都可以遵循著去做。如果這個必須建立的常規不建立，就好比渡江河而沒有船繩與木槳，在江河中間遇到風浪，船是一定要翻掉的。這是可以為之長長地歎息的啊。

夏❶為天子❷，十有餘世，而殷❸受之。殷為天子，二十餘世，而周❹受之。周為天子，三十餘世，而秦受之。秦❺為天子，二世而亡。人性不甚相遠也，何三代之君有道之長，而秦無道之暴❻也？其故可知也。古❼之王者，太子迺❽生，固舉以禮❾；使士負之❿，有司⓫齊肅⓬端冕⓭，見之南郊⓮，見於天也。過闕⓯則下，過廟⓰則趨⓱，孝子之道也。故自為赤子⓲，而教固已行矣。昔者成王幼，在繈抱⓳之中，召公⓴為太保㉑，周公㉒為太傅㉓，太公㉔為太師㉕。保，保其身體；傅，傅之德義；師，道之教訓。此三公之職㉖也。於是為置三少，皆上大夫㉗也，曰少保、少傅、少師㉘，是與太子宴㉙者也。故迺孩提㉚有識，三公、三少，固明孝仁禮義以道[31]習之，逐[32]去邪人[33]，不使見惡[34]行。於是皆選天下之端士[35]，孝悌[36]博聞有道術[37]者，以衛翼[38]之，使與太子居處出入。故太子迺[39]生而見正事，聞正言，行正道，左右前後皆正人也。夫習與正人居之不能毋[40]正，猶生長於齊不能不齊言也；習與不正人居之不能毋不正，猶生長於楚之地不能不楚言也。故擇其所耆[41]，必先受業，迺[42]得嘗[43]之；擇其所樂，必先有習，迺得為之。孔子曰：「少成若天性，習貫[44]如自然。」及太子稍長，知妃色[45]，則入於學[46]。學者，所學之官[47]也。「學禮」[48]曰：「帝入東學，上[49]親而貴仁[50]，則親疏有序而思相及矣；帝入南學，上齒[51]而貴信[52]，則長幼有差而民不誣[53]矣；帝入西學，上賢[54]而貴德[55]，則聖智在位而功不遺[56]矣；帝入北學，上貴[57]而尊爵[58]，則貴賤有等而下不踰[59]矣；帝入太學[60]，承[61]師問道[62]，退習而考於太傅。太傅罰其不則[63]，而匡[64]其不及，則德智長而治道得矣。此五學者既成於上，則百姓[65]黎民[66]化輯[67]於下矣。」及太子既冠[68]成人，免於保傅之嚴，則有記過之史[69]，徹膳之宰[70]，進善之旌[71]，誹謗之木[72]，敢諫之鼓[73]。瞽[74]夜誦《詩》[75]，工[76]誦箴[77]諫，大夫[78]進謀，士[79]傳民語。習與智長，故切[80]而不媿[81]；化與心成，故中道[82]若性[83]。三代之禮，春朝朝日[84]，秋暮夕月[85]，所以明有敬也。春秋入學，坐國老[86]，執醬[87]而親餽[88]之，所以明有孝也。行[89]以鸞和[90]，步[91]中[92]〈采齊〉[93]，趣[94]中〈肆夏〉[95]，所以明有度[96]也。其於禽獸，見其生不食其死，聞其聲不食其肉，故遠庖廚[97]，所以長恩且明有仁也。夫三代之所以長久者，以其輔翼[98]太子有此具[99]也。

【章旨】本章論述夏、商、周三代之所以能享國長久，都是由於教育太子得法的緣故。

【注釋】❶夏　朝代名。相傳為禹所建立，建都安邑（在今山西夏縣北）。一共傳十七世，為殷商取代。❷天子　古以君權為神授，故稱帝王為天子。❸殷　殷商。朝代名。契封於商，至湯滅夏，因以商為國號。傳至盤庚，遷都殷（在今河南安陽小屯村）。周人稱為大邦殷。後來或殷商互舉，或殷商連稱。殷商共傳三十一世，一說二十九世。❹周　朝代名。武王滅商，建周。周朝共傳三十六世。❺秦　朝代名。秦始皇先後滅六國，統一中國。傳二世，十五年，為漢所滅。❻暴　短促。❼古　即殷、周之時。❽迺　始。❾舉以禮　以禮哺養，接以大牢。⑩使士負之　國君世子生三日，卜士背負。⑪有司　官吏。古代設官分職，事各有專司，故稱有司。⑫齊肅　專一虔誠。齊，通「齋」。專一。肅，敬。⑬端冕　古代朝服。端，玄端。緇布衣。古諸侯、大夫、士之祭服，其他冠、婚等禮亦穿用。冕，大冠。⑭南郊　都邑南面之郊。南郊有圜丘，可作祭天之用。⑮闕　古代宮廟及墓門立雙柱者謂之闕。其上連有飛簷罘罳者謂之連闕。⑯廟　宗廟。⑰趨　跑；疾走。⑱赤子　嬰兒。⑲繈抱　猶襁褓。背負嬰兒的布帶和布兜。引申為嬰兒時期。⑳召公　姓姬名奭。周的支族，周武王之臣（《白虎通．王者不臣》謂為文王之子）。因封地在召，故稱召公或召伯。武王滅紂後，封召公於北燕。成王時，與周公旦分陝而治。「自陝而西，召公主之；自陝而東，周公主之。」見《史記．燕召公世家》。㉑太保　古代三公之一。位次於太傅。周置，為輔弼國君之官。春秋後廢，漢復置。後代沿置，多為重臣加銜，以示恩寵，並無實職。㉒周公　姬旦。周文王子，輔助武王滅紂，建周王朝，封於魯。武王死，成王年幼，周公攝政，管叔、蔡叔挾殷的後代武庚作亂，周公東征，平武庚、管叔、蔡叔。七年，建成周雒邑。周代的禮樂制度相傳都是周公所制訂。參閱《史記．魯周公世家》。㉓太傅　官名。古三公之一。周代始置，輔弼天子治理天下。秦廢，漢復置，次於太師。歷代沿置，多以他官兼領。㉔太公　太公望，周初人。姜姓，呂氏，名尚。相傳釣於渭濱，周文王出獵相遇，與語大悅，同載而歸，說：「吾太公望子久矣！」因號為太公望，立為師。武王即位，尊為師尚父。輔佐武王滅殷，周朝既建，封於齊，為齊國始祖。俗稱姜太公。見《史記．齊太公世家》。㉕太師　古三公之最尊者。周置，為輔弼國君之官，秦廢，漢復置。後代相沿，多為重臣加銜，作為最高榮典，以示恩寵，並無實職。㉖職　職責。㉗上大夫　古官名。周王室及諸侯各國，卿以下，有大夫，分上、中、下三等。㉘少保少傅少師　合稱「三少」，也稱「三孤」，是三公的副職。《漢書．百官公卿表上》：「太師太傅太保是為三公，……又立三少為之副，少師、少傅、少保，是為孤卿。」孤，謂特殊。指其位卑於公，卻尊於卿。置此三人，為三公之副。㉙宴　安居。㉚孩提　二三歲之間。㉛道　規律；事理。㉜逐　驅逐；放逐。㉝邪人　不正之人。㉞惡　此處指醜、劣。㉟端士　品行端正的人士。㊱孝悌　孝順父母，敬愛兄弟。㊲道術　道德學術。㊳衛翼護衛輔助。㊴迺　始。㊵毋　不。㊶耆　通「嗜」。愛好；欲望。㊷迺　通「乃」。㊸嘗　辨味。㊹貫　同「慣」。㊺妃色　女色。㊻學　學習的地方。㊼所學之官　學官。舊時謂庠序之舍，即學習的地方。㊽學禮　這是各種禮的類名，如學禮、朝禮等。㊾上　崇尚；推崇。㊿貴仁　以仁愛為貴。51齒　次列。52信　誠實；不欺。53誣誣罔；以不實之辭欺騙人。54賢　德才兼備。55德　道德。56遺　遺漏；亡失。57貴　位尊。58爵　爵位。《禮·王制》：「王者之制祿爵，公、侯、伯、子、男凡五等。」注：「祿，所受食；爵，秩次也。」59踰　通「踰」。越。60太學　古學校名。即國學。相傳虞設庠，夏設序，殷設瞽宗，周設辟廱，即古太學。61承　承奉。62道事理。63則　法。64匡　正。65百姓　百官。66黎民　平民。67輯　和。68冠　古時男子二十而冠，行成人禮，結髮戴冠。69記過之史　記下過失的史官。70徹膳之宰　意指司過之官有闕則陳。71進善之旌　意指進善言者立於旌下。72誹謗之木　意指欲譏刺惡事書之於木。73敢諫之鼓　意為欲強諫者可擊鼓。74瞽　目盲。此處指目盲之人。75詩　即《詩經》。我國最早的詩歌總集。先秦稱為《詩》，漢尊為經典，始稱《詩經》。共收西周初年至春秋中葉的民歌和朝廟樂章三百十一篇。內〈小雅〉有笙詩六篇，有目無詩，實際存數為三百零五篇。全書分為風、雅、頌三部分。76工　此處特指進諫的百官。77箴　文體名。以規戒為主題。78大夫　官名。殷周有大夫、鄉大夫、遂大夫、朝大夫、冢大夫等。春秋晉有公族大夫。秦漢有御史大夫、諫大夫、光祿大夫、大中大夫等。秩自六百石至比二千石不等。多係中央要職和顧問。79士　此處是官名。古時諸侯置上士、中士、下士之官，其位次於大夫。80切　切磋。81媿　同「愧」。82中道　中庸之道。83若性　適應人的天性。84春朝朝日　春分朝日是舊習慣，一說以正月朔日，迎日於東郊。85秋暮夕月　秋分夕月。86國老　三老。相傳古代天子養老，有三老五更。秦置鄉三老，漢並置縣三老、郡三老，幫助縣令、丞、尉推行政令。87醬　醯、醢的總稱。醯，醋。醢，肉醬。88餽　通「饋」。饋贈；以食供人。89行　車行。90鸞和　鸞與和。古代車上的兩種鈴。91步　行走；步行。92中　與其節相應。93采齊　一作〈采茨〉。古樂章名。94趨　同「趨」。疾走；跑。95肆夏　古樂章名。96度　標準。97庖廚　廚房。98輔翼　輔佐；輔助。99具　才具；才能。

【語　譯】大禹做了天子，建立夏朝，傳了十多世，以後是殷商。殷湯做了天子，建立商朝，傳了二十多世，以後是周朝。周武王做了天子，建立周朝，傳了三十多世，以後是秦朝。秦始皇做了天子，建立秦朝，可是只傳了二世就滅亡了。人的天性是相差不很遠的啊，為什麼夏、商、周三代的君王有道而享國如此之長久，秦代的君王無道而享國的時間是如此之短促？它的原因是可以知道的。古代做君王的人，太子剛生下來，就以禮哺養他；使卜士背負他，有關的官吏穿著朝服，專一虔誠地到達南郊，拜見上天。經過宮殿就要下馬，經過宗廟就要快跑，這是作為一個孝子應盡的道德。因此從他作為一個嬰兒，對他的教育已經開始實行了。過去周成王年幼，在嬰兒時期就有召公作為太保，周公作為太傅，太公作為太師。保的職責，是保其身體；傅的職責，是傅以德義；師的職責，是導以教訓。這就是三公的職責。因此又為太子設置了三少的職位，都是上大夫官階的人來擔任，叫少保、少傅、少師，為三公之副，是為了使太子能夠安居啊。因此當太子剛剛開始懂事，就有三公、三少以本來就已得到人們承認的孝、仁、禮、義的事理來進行教育，並放逐不正派的人，不讓他見到一些醜劣的行為。因為這個原因，又選出天下品行端正、孝順父母、敬愛兄弟、知識淵博、有道德、懂學術的人，來護衛他，輔助他，讓他們與太子一起生活，一道出入。因此太子剛生下來就見到正直的事，聽到正直的話，踐行正直的道理，前後左右都是正直的人。習慣與正直的人生活在一起是不會不正直的，就像生長在齊國不會不講齊國的話一樣；習慣與不正直的人生活在一起不會是正直的，就像生長在楚國的地方不能不講楚國的話一樣。因此要選擇他所愛好的東西，一定要先接受學業，才能進行辨別；選擇他所喜歡見的事物，一定要先有所練習，然後才能做這件事。孔子說：「少成若天性，習慣如自然。」等到太子漸漸長大了，知道了女色，那麼就要送到學習的地方去。這學習的地方，就是庠序之舍。「學禮」說：「皇帝來到東學，這是為了崇尚親愛和仁義，這樣就能做到親疏有序，並且德惠可以遍及到每一個人；皇帝來到南學，這是為了崇尚次列有序和誠實不欺，這樣就能做到長幼有序，並且使老百姓不會以不實之辭欺騙人；皇帝來到西學，這是為了崇尚德才兼備，並且特別重視道德的培養，這樣就能做到讓品德高尚和具有才智的人在位，而作出過貢獻的人的功勞不會有所遺漏了；皇帝來到了北學，這是為了崇尚官位的尊貴和爵位的重要，這樣就能做到貴賤有等，並且使位置在下面的人不能有所踰越；皇帝來到了太學，這是為了承奉老師，並且請教事理，這樣就能做到退下來以後進行溫習，並且要接受太傅的考試。太傅責罰他不正確之處，改正他回答得不夠的地方，這樣他的品德和智慧都會有很大的長進，並且學到治理天下的本領。這五個方面由於皇帝在上面提倡實施，百官和百姓就會在下面推廣化和了。」到太子已經長大成人，可以免除三公的嚴格管教，但有專門記錄他過失的史官，有闕則陳的官史，有用於給進言者站立的旌旗，有用於給譏刺惡事者書寫用的木板，有用於給強力勸諫者使用的大鼓。目盲之人夜裡朗誦《詩經》，百官誦讀箴諫，大夫獻進謀略，士官傳達百姓的意見。經過學習，智慧不斷長進，因此凡事經過切磋以後不太會有辦錯而感到慚愧的情形；通過教化，思想已經達到了一定程度的成熟，因此凡事都採用中庸之道，不偏不倚，使之適應人的天性。夏、商、周三代的禮節，是春分朝拜太陽，秋分朝拜月亮，用這個辦法來表明對天神要尊敬的意思。春天和秋天太學開學的時候，要請三老上座，拿著肉醬親手送給他們，用這個辦法來表明對老人要孝順的意思。乘車出行時要按著車馬的鈴聲前進，步行時要合著〈采齊〉樂章的節拍，跑步時要合著〈肆夏〉樂章的節拍，用這個辦法來表明做什麼事情都要合乎標準。對於飛禽和走獸，看見了牠們活著時的情景，就不要吃牠們的死屍，聽過牠們的聲音，就不吃牠們的肉，因此要遠離廚房，用這個辦法來培養恩義，並且表示自己的仁愛之心啊。夏、商、周三代之所以能夠立國長久，那是因為它們輔助太子具備這些好才能的緣故。

及秦則不然❶，其俗固非貴辭讓❷也，所上❸者告訐❹也；固非貴禮義❺也，所上者刑罰❻也。使趙高❼傅❽胡亥❾而教之獄❿，所習者，非斬⓫劓⓬人，則夷人之三族⓭也。故胡亥今日即位，而明日射人，忠諫者謂之誹謗⓮，深計⓯者謂之妖言⓰，其視殺人若艾⓱草菅⓲然。豈惟胡亥之性惡哉？彼其所以道⓳之者非其理故也。鄙諺曰：「不習為吏，視已成事⓴。」又曰：「前車覆㉑，後車誡㉒。」夫三代之所以長久者，其已事㉓可知也；然而不能從者，是不法㉔聖智㉕也。秦世之所以亟㉖絕者，其轍跡㉗可見也；然而不避，是後車又將覆也。夫存亡之變，治亂之機㉘，其要在是矣。

【章　旨】本章論述秦朝因不能教育好太子，因此很快就滅亡了。

【注　釋】❶不然　不是這樣。❷辭讓　謙遜推讓。❸上　崇尚。❹告訐　告發；責人過失或揭人陰私。❺禮義　禮法道義。禮，謂人所履。義，謂事之宜。❻刑罰　古時刑和罰有區別，刑指肉刑、死刑；罰指以金錢贖罪。❼趙高　秦時宦官。始皇崩於沙丘，高與丞相李斯矯詔賜長子扶蘇死，立胡亥為二世皇帝。旋殺李斯，自為丞相，獨攬大權。後又殺二世，立子嬰。子嬰立，乃誅高。❽傅　輔佐。❾胡亥　秦二世皇帝。秦始皇少子。❿獄　訟案。⓫斬　砍；殺。⓬劓　割鼻。古五刑之一。⓭夷人之三族　古時用以鎮壓人民起義或王朝內部反叛者的酷刑。三族，父族、母族、妻族。⓮誹謗　說人壞話。⓯深計　深入地計議、考慮。⓰妖言　怪誕的邪說；誑惑人心的話。⓱艾　通「刈」。割。⓲草菅　草茅。喻輕賤。後稱輕易殺人為草菅人命，即本此。⓳道　導。⓴不習為吏二句　意為不學習的人擔任官吏，應當借鑒過去的成事。㉑覆　翻。㉒誡　戒。㉓已事　以往之事。㉔法　效法；遵守。㉕聖智　謂聰明睿智，無所不通。亦指具有非凡才能的仁者智者。㉖亟　急。㉗轍跡　車子經過後車輪留下的痕跡。㉘機　事物的樞要、關鍵。或事物變化之所由。

【語　譯】到了秦朝卻不這樣了，它的風俗習慣是不提倡謙遜推讓的，所推崇的是責人過失和揭人陰私；是不提倡禮法道義的，推崇的是刑罰制度。讓趙高輔佐胡亥而教他訟案，所練習的，不是把人斬首割鼻，就是殺掉人的三族。因此胡亥今天即位，明天就開始用箭射人，把忠言進諫說成是說人壞話，把深入地計議和考慮事情的說成是怪誕的邪說，把殺人看作如同割茅草一樣。難道是因為胡亥天生是性惡的嗎？他之所以這樣，完全是因為引導他的人沒有引導他走正路的緣故啊。民間的諺語說：「不學習的人擔任官吏，那麼應當看看過去的成事。」又說：「前面的車子翻了，後面的車子應當引以為戒。」夏、商、周三代之所以立國長久的原因，從它們以往做的事就可以知道；但是不能跟著它們去做，是不效法具有非凡才能的道德智慧者啊。秦朝之所以這樣快速就滅亡，它的痕跡也是可以看見的；然而如果不迴避，那麼後面的車子又將要翻覆了。存在和滅亡的變化，安定與動亂的原由，它們的關鍵就在這裡了。

天下之命，縣❶於太子；太子之善，在於早諭教❷與選左右❸。夫心未濫❹而先諭教，則化易成也；開於道術智誼之指❺，則教之力也。若其服習積貫❻，則左右而已。夫胡❼、粵❽之人，生而同聲，耆欲❾不異，及其長而成俗❿，累⓫數譯而不能相通，行有雖死而不相為⓬者，則教習然也。故臣曰選左右早諭教最急。夫教得⓭而左右正，則太子正矣，太子正而天下定矣。《書》曰：「一人有慶⓮，兆民賴之。」此時務也。

【章　旨】本章總結了教育好太子的重要性。

【注　釋】❶縣　通「懸」。吊掛。❷諭教　曉諭教誨。❸左右　幫助、輔翼之人。❹濫　越軌。❺開於道術智誼之指　通達道德學問、知識義理的旨意。道，道德學問。智，知識。誼，通「義」。義理。指，意思上所指。❻服習積貫　學習養成一種習慣。服，學習。積貫，猶積慣、慣習。❼胡　我國古代用以泛稱北方邊地與西域的民族。後亦泛指一切外國。❽粵　廣東、廣西古為百粵之地，故稱兩粵。也專稱廣東為粵。❾耆欲　即「嗜慾」。耆，愛好；欲望。❿俗　習俗；風氣。⓫累　多次；連續。⓬相為　相助。⓭得　合適。⓮慶　善。

【語　譯】天下人的命運，都懸於太子身上；而要使太子成為一個優秀的人，關鍵在於早一些對太子曉諭教誨，並且選好在太子左右輔助他的人。要趁著太子的思想還合於正軌的時候就進行教育，這樣教化就容易獲得成功；使他通達道德學問、知識義理的旨意，這就是教育的功勞。如果要督促他通過學習養成一種好的習慣，那就要太子左右的人的幫助與輔翼了。北方的人與南方的人，剛生下來時的哭聲是一樣的，愛好與欲望也沒有什麼兩樣，但等他們長大以後就跟從了當地的風俗習慣，講話經過多次的翻譯，有時還不能相通，而在做事情方面，即使死了也不互相幫助，這也是教育的結果啊。因此我說早些挑選好太子左右的人，並且及早對太子進行教誨，這是最為緊急的事情。如果教育得法，並且左右輔助太子的人作風端正，那麼太子一定正直，太子正直的話，天下就可以安定。《尚書》說：「我們的天子一個人有善事，則億兆之民蒙受福祉。」因此對太子進行教誨和選拔好太子左右的人，是當前最重要的事情。

凡人❶之智❷，能見已然❸，不能見將然。夫禮❹者禁於將然之前，而法❺者禁於已然之後，是故法之所用易見，而禮之所為至難知也。若夫慶賞❻以勸善，刑罰以懲惡，先王執此之政，堅如金石❼，行此之令，信如四時，據此之公，無私如天地耳，豈顧[8]不用哉？然而曰禮云禮云者，貴絕惡於未萌[9]，而起教於微眇[10]，使民日遷善遠辠[11]而不自知也。孔子曰：「聽訟吾猶人也，必也使毋訟乎[12]。」為人主[13]計[14]者，莫如先審[15]取舍[16]；取舍之極[17]定於內，而安危之萌應於外矣。安者非一日而安也，危者非一日而危也，皆以積[18]漸然[19]，不可不察也。人主之所積，在其取舍。以禮義治之者積禮義，以刑罰治之者積刑罰。刑罰積而民怨背[20]，禮義積而民和親[21]。故世主[22]欲民之善同，而所以使民善者或異，或道之以德教，或敺[23]之以法令。道之以德教者，德教洽[24]而民氣樂；敺之以法令者，法令極[25]而民風哀[26]。哀樂之感，禍福之應[27]也。秦王之欲尊宗廟而安子孫，與湯、武同。然而湯、武廣大其德行，六七百歲而弗失；秦王治天下，十餘歲則大敗。此亡[28]它故矣，湯、武之定取舍審[29]，而秦王之定取舍不審矣。夫天下，大器[30]也。今人之置器，置諸[31]安處則安，置諸危處則危。天下之情，與器亡[32]以異，在天子之所置之。湯、武置天下於仁義禮樂，而德澤洽，禽獸草木廣裕，德被蠻貊㉝四夷㉞，累子孫數十世，此天下所共聞也。秦王置天下於法令刑罰，德澤㉟亡一有，而怨毒㊱盈於世，下憎惡之如仇讎㊲，既㊳幾㊴及身，子孫誅絕，此天下所共見也。是非其明效大驗㊵邪！人之言曰：「聽言之道，必以其事觀之，則言者莫敢妄言。」今或言禮誼㊶之不如法令，教化之不如刑罰，人主胡不引殷、周、秦事以觀之也。

【章旨】本章先論禮義刑罰之得失，為下文議論待大臣以禮義之節作引。

【注釋】❶凡人　平常人；一般人。❷智　聰明、才能。❸然　如此。❹禮　規定社會行為的法則、道德規範、儀式的總稱。❺法　刑法；法律。❻慶賞　猶獎賞。❼金石　金銀、玉石之屬。常比喻堅固、堅貞。❽顧　反。❾萌　原指植物的芽。此處意為開始、發端。❿眇　細小。⓫辠　古「罪」字。⓬孔子曰三句　孔子說：「審理訴訟，我和別人差不多。一定要使訴訟的事件完全消滅才好。」聽訟，據《史記・孔子世家》，孔子在魯定公時，曾為大司寇，司寇為治理刑事的官，孔子這話或許是剛作司寇時所說的。⓭人主　人君。⓮計　計議。⓯審　確定。⓰取舍　取，選擇使用。舍，棄置。⓱極　中；中正的準則。⓲積　積累。⓳漸然　漸漸如此。⓴怨背　怨恨背叛。㉑和親　和順、親近。㉒世主　國君。㉓敺　通「毆」。擊；打。㉔洽　霑潤。㉕極　通「亟」。急。㉖哀　悲傷；傷悼。㉗應　應和；響應。㉘亡　通「無」。㉙審　慎重。㉚大器　寶器。㉛諸　即

「之於」。㉜亡　通「無」。㉝蠻貊　泛指少數民族。㉞四夷　東夷、西戎、南蠻、北狄舊時統稱四夷。是古代統治者對華夏以外各族的蔑稱。㉟德澤　德化和恩惠。㊱怨毒　怨恨。㊲仇讎　仇人。㊳旤　同「禍」。㊴幾幾乎。㊵明效大驗　很明顯的效驗。㊶禮誼　禮義。

【語　譯】一般人的聰明和才能，只能夠見到已經發生的事情，而不能夠預見到必定要發生但目前尚未發生的事情。道德規範是用來把事情禁止在發生之前的，而刑法法律則是用來禁止已經發生過的事情再度發生的，因此法律的作用容易見到，而道德的作用卻是難以讓人知道的。至於用獎賞來勸人多做善事，用刑罰來懲處做壞事的人，先王堅持這項政策，十分堅定，推行這些法令，就像春夏秋冬四季那樣分明，根據這些法令作出公平的決定，沒有一點私心，就像天地一樣，難道現在反而不能用了嗎？但是現在有些人，口頭上說禮啊禮啊的，認為重要的是把一切壞事都杜絕於還未萌芽的狀態，但是教育要從小事著手，使老百姓漸漸地向好的方向發展而遠離罪惡這個道理卻是不知道的。孔夫子說：「審理訴訟，我和別人差不多，一定要使訴訟的事件完全消滅才好。」為陛下計議，不如先確定應該採用什麼和放棄什麼；採用什麼和放棄什麼的準則在內確定，安全和危險的萌發就會在外面呼應了。安全呢並不是一天推行好的政策就會安全的，危險也不是一日推行不好的政策就會危險的，都是因為積累而慢慢形成的，這一個道理不可不知道。人主所積累的，在於看採取何者、捨棄何者而定。用禮義來治理天下的人積累了禮義，用刑罰來治理天下的人積累了刑罰。刑罰積累多了，那麼老百姓就會怨恨背叛，禮義積累多了，老百姓就和順親近。因此皇帝想讓百姓都好，可是老百姓卻有的好，有的不好，這是因為有時採用了道德教育的統治方法，有時採用了法律命令的統治方法所致。採用道德教育的統治方法時，道德教育霑潤民心，而民風就快樂融洽；採用法律命令的統治方法時，法律命令嚴峻緊急，而民風便悲傷哀厲。因為有了快樂與悲哀，於是也就形成了幸福與災禍。秦始皇統一天下之後，也想使自己宗廟永遠保存下來受到尊重，使自己的子孫平安地享受榮華富貴，與商湯王和周武王一樣享國長久。然而商湯王和周武王推行德政，並且努力擴大其德政的影響，因此傳了六七百年而沒有失去天下；秦始皇統治天下，才十多年政權就土崩瓦解。產生這樣的結果，沒有其他的原因，是由於商湯王、周武王統治天下對採用什麼方法、放棄什麼方法十分慎重，而秦始皇統治天下對採用什麼方法、放棄什麼方法卻不慎重的緣故。整個天下，就好像是一件十分貴重的寶器啊。現在的人放置物品，放在安全的地方，它就安全；放在危險的地方，它就危險。天下的情況，與物品的安置沒有什麼不同，就看皇帝怎麼放置了。商湯王、周武王把天下放置在仁義禮樂當中，因此道德教化如雨露霑潤整個天下，飛禽、走獸、花草、樹木都一起生長，並且數量聚集得很多，這種恩德還影響到少數民族聚居的邊遠地區，連他們的子孫都繼承了這種統治方法，累計共達幾十代，這是天下的人所共同知道的啊。而秦始皇卻把天下放置在法令刑罰當中，德化恩惠一點兒也沒有，而怨恨卻充滿了整個世界，下民仇恨、厭惡他簡直就像仇敵一樣，災禍幾乎就發生在他身上，兒孫輩全被殺光，這也是天下的人所共同見到的啊。可見對與不對實有著很明顯的效驗！有一個人的話是這樣說的：「聽人講話最好的方法，是一定要把他所做的事情合起來觀察，如果這樣子，那麼這個講話的人就不敢胡亂地說些什麼了。」現有的人說禮義不如法令，教化不如刑罰，陛下為什麼不拿商朝、周朝、秦朝的事情來觀察呢。

人主❶之尊譬如堂❷，群臣如陛❸，眾庶❹如地。故陛下九級上，廉❺遠地則堂高；陛亡❻級❼，廉近地則堂卑❽。高者難攀❾，卑者易陵❿，理勢然也。故古者聖王制為等列，內有公、卿、大夫、士，外有公、侯、伯、子、男，然後有官師⓫小吏，延及庶人，等級分明，而天子加⓬焉，故其尊不可及也。里諺⓭曰：「欲投鼠而忌器⓮。」此善諭⓯也。鼠近於器，尚憚⓰不投，恐傷其器，況於貴臣之近主乎！廉恥⓱節⓲禮⓳以治君子，故有賜死⓴而亡戮㉑辱。是以黥㉒劓㉓之辠㉔，不及大夫，以其離主上不遠也。禮不敢齒㉕君之路馬㉖，蹴㉗其芻㉘者有罰；見君之几杖㉙則起，遭㉚君之乘車則下，入正門則趨㉛；君之寵臣雖或有過，刑戮之辠不加其身者，尊君之故也。此所以為主上豫遠㉜不敬也，所以體貌㉝大臣而厲㉞其節㉟也。今自王侯三公㊱之貴，皆天子之所改容而禮之也，古天子之所謂伯父㊲、伯舅㊳也，而今與眾庶同黥劓髡㊴刖㊵、笞㊶傌㊷棄市㊸之法，然則堂不亡陛乎？被戮辱者不泰迫㊹乎？廉恥不行，大臣無迺握重權大官，而有徒隸[45]亡[46]恥之心乎？夫望夷之事[47]，二世見當[48]以重法者，投鼠而不忌器之習[49]也。臣聞之，履[50]雖鮮[51]不加於枕，冠雖敝[52]不以苴[53]履。夫嘗已在貴寵之位，天子改容而體貌之矣，吏民嘗俯伏以敬畏之矣，今而有過，帝令廢之可也，退之可也，賜之死可也，滅[54]之可也。若夫束縛[55]之，係緤[56]之，輸[57]之司寇[58]，編之徒官[59]，司寇小吏詈罵[60]而榜[61]笞之，殆非所以令眾庶見也。夫卑賤者習知尊貴者之一旦吾亦迺[62]可以加此也，非所以習天下也，非尊尊貴貴之化也。夫天子之所嘗敬，眾庶之所嘗寵[63]，死而死耳[64]，賤人安宜得如此而頓[65]辱之哉！豫讓[66]事中行[67]之君，智伯[68]伐而滅之，移事智伯。及趙滅智伯，豫讓釁[69]面吞炭，必報襄子[70]，五起而不中。人問豫子，豫子曰：「中行眾人畜[71]我，我故眾人事[72]之；智伯國士遇[73]我，我故國士[74]報[75]之。」故此一豫讓也，反君事讎[76]，行若狗彘[77]；已而抗節[78]致忠，行出乎列士[79]，人主使然也。故主上遇其大臣如遇犬馬，彼將犬馬自為也；如遇官徒，彼將官徒自為也。頑頓(80)亡恥，奊詬(81)亡節，廉恥不立，且不自好，苟若而可，故見利則逝(82)，見便(83)則奪。主上有敗，則因而挻(84)之矣；主上有患，則吾苟免(85)而已，立而觀之耳；有便吾身者，則欺賣(86)而利之耳。人主將何便於此？群下(87)至眾，而主上至少也。所託財器(88)職業(89)者，粹(90)於群下也。俱亡(91)恥，俱苟妄(92)，則主上最病(93)。故古者禮不及庶人，刑不至(94)大夫，所以厲(95)寵臣之節也。

【章　旨】本章論述了不以禮待大臣的害處。

【注　釋】❶人主　人君。❷堂　殿。古時稱殿或堂，多指正房而言。《禮・禮器》：「天子之堂九尺，諸侯七尺，大夫五尺，士三尺。」古曰堂，漢以後曰殿。古代堂、殿上下通稱，唐以後始專以帝王所居為殿。❸陛　殿、壇的臺階。❹眾庶　平民；百姓。❺廉　堂的側邊。❻亡　通「無」。❼級　階級。階一層為一級。❽卑　低下。與「高」相對。❾攀　登。❿陵　升；登上。⓫官師　百官。⓬加　超越。⓭里諺　民間的諺語。⓮欲投鼠而忌器　比喻欲除惡而有所顧忌。⓯諭　通「喻」。比喻。⓰憚　畏懼。⓱廉恥　廉潔與知恥。⓲節　氣節；操守。⓳禮　規定社會行為的法則、規範、儀式的總稱。⓴賜死　天子令臣下自殺。㉑戮　殺。㉒黥　同「剠」。古代肉刑的一種。即墨刑。以刀刺人面額用墨涅之。㉓劓　本作「劓」。割鼻。古五刑之一。㉔辠　古「罪」字。㉕齒　審其齒歲。㉖路馬　古天子、諸侯所乘路車之馬。㉗蹴　踐踏。㉘芻　馬所食之草。㉙几杖几案與手杖。以供老年人平時靠身和走路時扶持之用，故古以賜几杖為敬老之禮。㉚遭　遇。㉛趨　跑；快步走。㉜豫遠　預先隔遠。㉝體貌　謂以禮相待。㉞厲　磨刀石。「礪」的本字。此處引申為磨礪。㉟節　節操。㊱三公　輔助國君掌握軍政大權的最高官員。周代三公指太師、太傅、太保，西漢三公指大司馬、大司徒、大司空。㊲伯父　周王朝對同姓諸侯的稱呼。㊳伯舅　周王朝對異姓諸侯的稱呼。㊴髡　也作「髠」、「髨」。古剃髮之刑。剃髮。㊵刖　也作「跀」。砍；斷。古代砍斷腳的酷刑稱「跀」。㊶笞　古代五刑之一。用竹板或荊條打人背部或臀部。㊷傌　漢代刑罰之一。與「罵」音義同。㊸棄市　古代在鬧市執行死刑，陳屍街頭示眾，稱棄市。㊹泰迫　太為迫近；太為逼迫。泰，大極；過甚。迫，逼迫天子。㊺徒隸　服勞役的罪犯；服賤役的人。㊻亡　通「無」。㊼望夷之事　指二世被殺於望夷宮之事。㊽當　處斷；判斷；決罪。㊾習　風習。㊿履　鞋。單底的叫履，複底的叫舄。(51)鮮　明潔。(52)敝　壞；破舊。(53)苴　襯墊。也專指鞋中草墊。(54)滅　盡、絕之意。這裡指滅族。即誅殺全族。(55)束縛　綑綁。(56)係緤　即「係紲」。用長繩綑綁。(57)輸　送。(58)司寇　官名。夏殷已有。周為六卿之一，曰秋官大司寇。掌管刑獄、糾察等事。春秋列國亦多沿置。(59)徒官　猶徒卒。即步卒。(60)詈罵　罵；責備。(61)榜　通「搒」。鞭打。(62)迺　通「乃」。(63)寵　尊崇；寵愛。(64)死而死耳　猶言死則死耳。古者「而」與「則」同義。(65)頓　困躓。(66)豫讓　春秋末戰國初刺客。曾事晉范氏及中行氏，無所知名，去而事智伯。趙襄子與韓魏滅智伯，豫讓漆身為癩子，滅鬚去眉，以變其容，吞炭為啞，以變其音，謀刺襄子，為智伯報仇。曾言：「范中行氏以眾人遇我，我故以眾人報之；智伯以國士遇我，我故以國士報之。」結果被執自殺。(67)中行　複姓。春秋晉荀林父將中行，後以中行為姓。(68)智伯　春秋時晉大夫。參注(70)。智，姓。春秋晉有智莊子，即荀首。也作「知」。(69)釁　即「衅」。原意指用牲血塗器祭祀，此處指以物塗面。(70)襄子　即趙襄子。趙無恤，也作趙毋恤。春秋晉大夫，趙鞅（趙簡子）次子，在諸子中為最賢，鞅廢太子伯魯以立。素怨智伯。智伯請地於韓、魏，皆如願，獨趙弗與，智伯怒，率韓、魏攻趙。無恤奔晉陽。三家圍城，引汾水灌城，幾陷，無恤懼，使其相張孟同私與韓魏約，共滅智伯而分其地。諡襄子。(71)畜　養。(72)事　侍奉。

73遇 相待;接待。74國士 國中才能出眾的人。75報 回答;報復;報答。76讎 仇。77彘 豬。78抗節 堅持節操。79列士 同「烈士」。80頑頓 同「頑鈍」。圓滑沒有骨氣。81奊詬 同「謑詬」。詈罵;小人發怒。82逝 往。83便 有利;適宜。84挺 取。85苟免 以不正當的手段求免。86欺賣 欺騙出賣。87群下 眾僚屬。88財器 財產器物。89職業 職,指官事。業,指士、農、工、商所從事的工作。90粹 同「萃」。聚集。91亡 通「無」。92苟妄 虛偽之做作。93病 憂慮;為難。94至 上。95厲 通「礪」。磨礪。

【語 譯】人君的尊貴好比是殿堂,大臣們好比是殿堂的臺階,平民百姓好比是平地。因此九級臺階上去,殿堂的側邊遠離地面,那麼殿堂就高;如果沒有臺階,殿堂的側邊靠近地面,那麼殿堂就顯得卑下。殿堂如果高,那麼就難以登上,殿堂如果低下,那麼就容易登上,這個道理是必然的。因此古代聖明的君王制定了等級制度,朝廷裡面有公、卿、大夫、士,朝廷外面有公、侯、伯、子、男,然後再有百官和那些官位低下的小官,再接下來是平民,等級制度十分分明,天子就在這一切人的上面,因此他的尊貴是任何人也比不上的。民間的諺語說:「想打老鼠,卻又顧忌器物。」這是很好的比喻啊。老鼠靠近器物,尚且有所顧忌而不敢投,只怕損傷了器物,何況是天子身邊那些高貴的大臣呢!廉潔、知恥、氣節、禮儀是用來約束君子的,因此對那些做官的人可以命令他們自殺,卻沒有殺戮的羞辱。因此在臉上刺字和割鼻的罪刑,是不會用來對付大夫的,因為大夫離天子不遠的緣故啊。按照禮的規定,不能去審視天子、諸侯所乘路車那些馬的齒歲,踐踏了路馬所食的草是要受到處罰的;看見了天子賜給老人的几案與手杖就要站起來,遇見了天子所乘的車子就要下馬或下車,進入殿堂的大門要快步前進;天子的貴愛之臣即使有些過錯,對他們也是不能使用肉刑和死刑的,因為要尊重天子的緣故啊。所以要這樣做是為了預先防止產生對天子不敬的行為，而以這個辦法來對大臣以禮相待並且磨礪他們的節操啊。現在從王侯三公這些貴人起，天子都是十分恭敬地以禮相待的，那些被天子稱為伯父、舅父的同姓諸侯王和異姓諸侯王，如果讓他們與普通平民那樣一樣受到刺臉、割鼻、剃髮、砍腳、鞭打、詈罵、砍頭示眾的刑罰，那就不是如同殿堂沒有臺階了嗎？被殺戮、受恥辱的人不是太迫近天子了嗎？廉恥不行於大臣，那麼那些手握重權的大官，不是也有了那些服勞役的罪犯的無恥之心嗎？比如望夷宮所發生的事情，秦二世皇帝被大臣殺掉，也是由於秦制沒有忌上的風習所造成的。我聽說，鞋子即使很漂亮很乾淨也不能放在枕頭之上，帽子即使很破舊也不能用來墊鞋子。那些曾經身處貴寵之位的大臣，天子都改好臉色對他們表示尊重，小官和百姓也曾經拜伏在地表示恭敬與畏懼，現在有了錯誤過失，皇帝下命令廢止他們的工作是可以的，黜退他們是可以的，命令他們自殺是可以的，滅他們的族也是可以的。但是綑綁他們，用長繩子牽著他們，把他們送到法官那裡去，編入成邊的步卒隊伍裡，讓那些管司法的小官謾罵與鞭打，這恐怕是不可以讓老百姓見到的。讓那些卑賤的人知道了那些尊貴的人終於有了這一天，我也可以如此如此地去欺凌他們，這不是教習天下人的辦法，這也不是可以使高貴的人受到尊崇的辦法。天子所曾經寵信之人，百姓所曾經尊敬的人，死就死好了，怎麼能如此地讓那些卑賤的人隨便加以困躓凌辱呢！豫讓曾經奉侍中行氏，智伯討伐中行氏並且滅了中行氏，豫讓轉而奉侍智伯。等到趙氏滅了智伯，豫讓就塗面改容，吞炭裝啞，一定要殺趙襄子，可是五次行動均未成功。有人問豫讓，豫讓說：「中行氏對待我像一般人，因此我也像一般人一樣奉侍中行氏；智伯以國士身分來對待我，因此我以國士身分來報答他。」因此這一個豫讓，開頭是背叛了自己原來的主人去侍奉仇人，這種品行如同狗豬一樣；以後又堅持節操，表示自己對主人的忠心，品行高出一般的烈士，這就是主上對待手下人的態度有所不同的緣故。因此主上如待他的大臣如待犬馬一樣，那麼大臣自己也把自己當作犬馬一樣；如果待大臣像走卒，他們也把自己當成走卒。太圓滑了而沒有羞恥之心，發怒詈罵而沒有品德節操，廉潔與知恥之心沒有確立，且自己不愛惜自己，得過且過，馬馬虎虎，因此見利就往，見利就奪。主上失利了，那麼就因此而取代；主上遇到了災禍憂患，那麼我就以不正當的手段求免，站在一旁觀看；有利於我本人的，那麼就以欺騙出賣的手段去圖這個利益。這樣人君將怎樣做才有利呢？眾僚屬人數太多，而主上人數最少。主上所倚託的財產器物與職業，都集中在眾僚屬手中。眾僚屬都無羞恥之心，都是虛偽做作，那麼主上就最為憂慮。因此古代的禮不用在庶人身上，刑不用在大夫身上，就是用來磨礪主上所愛大臣的節操呀。

古者大臣有坐❶不廉❷而廢者，不謂不廉，曰簠簋不飾❸；坐汙穢❹淫亂❺男女亡❻別者，不曰汙穢，曰帷薄不修❼；坐罷軟❽不勝任者，不謂罷軟，曰下官不職❾。故貴大臣定有其辠❿矣，猶未斥然⓫正以諱⓬之也，尚遷就⓭而為之諱⓮也。故其在大譴⓯大何⓰之域⓱者，聞譴何，則白冠⓲氂纓⓳，盤水加劍⓴，造㉑請室㉒而請辠耳，上不執縛㉓係引㉔而行也。其有中罪者，聞命而自弛㉕，上不使人頸盭㉖而加也。其有大辠者，聞命則北面再拜，跪而自裁，上不使捽抑㉗而刑之也。曰子大夫自有過耳，吾遇㉘子有禮矣。遇之有禮，故群臣自憙㉙；嬰㉚以廉恥，故人矜㉛節行。上㉜設廉恥禮義以遇其臣，而臣不以節行報其上者，則非人類也。故化定俗成，則為人臣者，主耳忘身㉝，國耳忘家㉞，公耳忘私㉟，利不苟㊱就，害不苟去，唯義所在。上之化也，故父兄之臣誠死宗廟㊲，法度㊳之臣誠死社稷㊴，輔翼之臣誠死君上，守圄㊵扞敵㊶之臣誠死城郭㊷封疆㊸。故曰聖人有金城者，比物此志也㊹。彼且為我死，故吾得與之俱生；彼且為我亡，故吾得與之俱存；夫㊺將為我危，故吾得與之皆安。顧行而忘利，守節而仗義，故可以託不御之權，可以寄六尺之孤㊻。此厲廉恥、行禮誼㊼之所致也，主上何喪焉！此之不為，而顧彼之久行，故曰可為長太息者此也。

【章　旨】本章論述皇帝若能以廉恥禮義來待臣下，則臣下能以節行報答皇帝的道理。

【注　釋】❶坐　獲罪。❷廉　廉潔。❸簠簋不飾　也作「簠簋不修」或「簠簋不飭」。對做官不廉正者的一種婉轉的說法。簠簋，簠與簋。兩種盛黍稷稻粱之禮器。不飾，不整飭。❹汙穢　骯髒。❺淫亂　指性行為放縱，違反道德標準。❻亡　通「無」。❼帷薄不修　家門淫亂的諱語。帷薄，帷幕和帘子。❽罷軟　疲沓軟弱。歷代考察官吏，屬於淘汰者的名目，有老疾、罷軟、貪酷、素行不謹四項。❾不職　不勝任；不稱職。❿皐　古「罪」字。下同。⓫斥然　斥責的樣子。⓬謼　同「呼」。呼叫。⓭遷就　捨此取彼，委曲求合。⓮諱　隱諱。⓯譴　責。⓰何　通「訶」。問。⓱域　界局。⓲白冠　喪服。⓳氂纓　以毛作纓。⓴盤水加劍　漢代大臣自請處死的一種表示。以盤盛水，加劍其上，表示請罪自刎。㉑造　到；去。㉒請室　請罪之室。即囚禁有罪官吏的牢獄。㉓執縛　逮捕捆綁。㉔係引　猶言牽拉。㉕弛　指卸職。㉖頸盭　謂扭轉其頸脖。盭，即「戾」。通「捩」。扭轉之意。㉗捽抑　揪住往下按。㉘遇　待。㉙自憙　猶言自愛。憙，喜好；愛好。㉚嬰　加。㉛矜尚。㉜上　天子。㉝主耳忘身　只為主上，不念自身。耳，同「而」。㉞國耳忘家　只為國家，不念其家。㉟公耳忘私　只為公事，不念私事。㊱苟　隨便。㊲宗廟　天子、諸侯祭祀祖先的處所。封建帝王把天下據為一家所有，世代相傳，故以宗廟作為王室、國家的代稱。㊳法度　法令制度。㊴社稷　古代帝王、諸侯所祭的土神和穀神。社，土神。稷，穀神。歷代封建王朝建國時必先立社稷壇壝；滅人之國，必變置滅國的社稷。因此以社稷為國家政權的標識。㊵守圄　同「守禦」。圄，「圉」之借字。邊境之意。㊶扞敵　亦作「捍敵」。抵禦敵人。㊷城郭　同「城廓」。廓，外城。㊸封疆　分封的疆土。㊹故曰聖人有金城者二句　所以說聖上有一個十分穩固的金城，這個比喻即表示了這種意思。意為天子厲此節行以御群下，則人皆懷德，戮力同心，國家就安固不可毀，狀若金城。比，打比方。物，類。志，意。㊺夫　夫人。猶「彼人」。㊻顧行而忘利四句　看重品行而忘掉本人的利益，堅守節操而講究義氣，因此，這種人可託權柄，不須制禦，並且可以把未能自立的幼年國君託付給他。六尺之孤，年齡十五歲以下的幼少之君。㊼禮誼　禮義。

【語　譯】古代的大臣犯了不廉潔的罪而被罷免官職的，不說是不廉潔，只說是「簠簋不飾」；犯了男女淫亂關係之罪的，也不說是男女關係的汙穢，只說是「帷薄不修」；犯了拖拖拉拉，不能完成任務之罪的，也不說是拖拉軟弱，只說是「下官不職」。因此即使大臣犯了罪，在還沒斥責和大聲喊出他們的罪名前，還遷就他們，並且為他們隱諱。因此大臣們在遭到大聲斥責、大聲訶問之時，一聽到斥責聲和訶問聲，就應該穿上喪服，帶上自殺用的刀劍，自己去監獄請罪，用不著皇帝派人拿繩子綑綁著帶走。犯有中等之罪的，聽到皇帝的命令就自動卸職，也用不著皇帝派人扭住他的脖子。犯有大罪的，聽到皇帝的命令就向北面拜上幾拜，跪在地上自殺，也用不著皇帝派人抓住他的頭髮、將他的頭往下按而執行死刑。因此說即使大臣們犯了罪，皇帝對待他們還是有一定禮節的。因為皇帝對待臣下有禮，因此群臣們都很自愛；因為皇帝提倡群臣們講廉恥，因此天下的人都崇尚道德品行。天子設立了廉恥禮義來對待他的大臣們，而他的大臣們卻不以好的道德品行來報答天子的，那就失去了做人的資格了。因此這種教化形成了一種風俗，那就是作為人臣，只為主上不念自身，只為國家不念其家，只為公事不念私事，看到利益不隨便去要，遇到危險也不隨便避開，一切以「義」為標準。因為有了皇上的這種教化，因此皇族裡的大臣願意為保衛宗廟而死，制定法令制度的大臣願意為國家而死，輔助皇上的大臣願意為保衛皇上而死，守衛邊疆的大臣願意為保衛疆土而死。因此說聖明的君上有一個十分穩固的金城，就是用這個比喻來表達這種意思啊。他準備為我而死，因此我可以與他一起活著；他準備為我而亡，因此我可以與他一起存在下去；他準備為我經歷危險，因此我可以與他一起度過平安的歲月。看重品行而忘掉私人的利害，堅守節操，並且講究義氣，因此這些人可以託付權柄，可以託付他們來輔佐未成年之幼君。這就是提倡禮義廉恥的結果，皇上有什麼損失呢！這種用禮義廉恥以遇其臣的方法不去推行，反而推行那種戮辱貴臣的方法，因此說這是可以為之長長地歎息的啊。

【研　析】在《賈長沙集》中，〈論時政疏〉與〈過秦論〉是特別引人注目的兩個巨製長篇。這兩個長篇，充分表達了賈誼這位青年政論家憂國憂民的思想，也充分展現了賈誼作為一位文學家在政論文、奏疏文方面的寫作才華。將這兩篇文章進行對比，如果說〈過秦論〉是以歷史上的事情為題材的專題性議論文，那麼〈論時政疏〉就是一篇以西漢當前社會所存在的諸多問題為對象而進行議論的奏疏文。這兩篇優秀的文章，奠定了賈誼作為一名政論家在散文史上的地位。

〈論時政疏〉的一個最主要的特點，是充分顯示了作者政治眼光的敏銳性和分析問題的透徹性，他透過當時社會表面的太平景象，看到了社會潛在矛盾的危機。比如諸侯王問題，文帝為人仁慈，又顧念兄弟、子侄之情，對諸侯王過分寬容，諸侯王勢力膨脹，尾大不掉的現象已現端倪，如不及時注意，勢必造成嚴重的後患。類似的還有太子問題、君臣關係問題，以上這三個問題是內患，是本文論述的重點，當然還有對外關係問題，比如匈奴問題，賈誼認為，匈奴的人口，只不過相當於漢朝的一個大縣，而現在邊防與外交不力，造成頭足倒懸的局面，即大漢帝國每年要向匈奴進貢以求和平，賈誼認為，這實在是一件使人感到恥辱的事情，這種局面再也不能持續下去了。

其次，這篇文章的另一個顯著特點是氣勢充沛，並且說話語氣的邏輯性很強，很具說服力。文章一開頭，作者就以極富吸引力的文字表達出一股強烈的感情：「臣竊維事勢，可為痛哭者一，可為流涕者二，可為長太息者六……」真摯的感情，強烈地震撼著讀者的心靈。在論述問題時，作者都是先提出問題，再分析問題，然後再提出解決問題的方法。比如諸侯王問題，先列舉異姓諸侯王從分封到勢力膨脹到最後都是造反被誅的事實，再轉到同姓諸侯王問題，再提出解決問題的方法是加強制度建設。再如匈奴問題，賈誼提出要皇帝委派他擔任典屬國的職位，專門主持對匈奴的工作，他表示一定能夠制服匈奴，來報答漢室。

再次，奏疏文中這些問題的提出，也基於賈誼對當時社會情況的熟悉和了解。比如當時社會表面上號稱太平盛世，可是實際上，白晝大街上都有人殺人搶劫財物；官場之中，還有人竟敢假託皇帝詔令，拿出倉粟近十萬石，又得賦稅六百餘萬錢，乘著傳車巡視郡國。這些觸目驚心的事實，難道還不能引起最高統治階級的重視嗎？再如，賈誼反對秦朝的暴政，也反對秦朝一味廢棄禮治而推行法治帶來的弊病：富戶兒子大了必要分家，窮人兒子大了必要入贅；婆婆拿了東西，媳婦也要質問等等，賈誼對這些現象發表了自己的看法。這些看法的對與不對是另一回事，但賈誼熟悉當時下層勞動人民的生活情況，並對基層情況作過一些社會調查這一點應當肯定。

再其次，賈誼非但對當時社會上下層的情況都十分熟悉，而且，由於他自幼博覽群書，精通歷史，能處處以古為鑒，因此，許多歷史知識的運用無疑使這篇文章具有更加有力的說服力。比如太子的教育問題，賈誼提出，夏、商、周三朝立國長久，主要原因之一就是教育太子得法，接班人培養得好；而秦朝立國時間短暫，主要原因之一也是教育太子不得法，接班人沒有培養好。

因此，他提請皇帝注意，要加強對太子的教育。再比如談到君臣關係問題，賈誼認為皇帝要對大臣有禮節，大臣才會對皇帝效忠。他舉了春秋時晉國豫讓的例子來說明這個問題，豫讓先後在范氏、中行氏、智氏家中作家臣，范氏、中行氏敗後他無動於衷，而智氏敗於趙氏後，他多次圖謀刺殺趙無恤以為智伯報仇，最後失敗而自殺。為什麼他獨獨不忘情於智伯？他臨死前說的話很引人深思，他說，范氏、中行氏以庶人待我，我以庶人報之；智伯以國士待我，我以國士報之。因此賈誼提出，國君一定要善待大臣。

此外，許多修辭手法的運用，使文章的文采增色不少，也是這篇文章成功的因素之一。比如：

比喻之法的運用　以「抱火厝之積薪之下而寢其上，火未及然，因謂之安」喻當今天下形勢。再如「夫仁義恩厚，人主之芒刃也；權勢法制，人主之斤斧也。」再如「天下之勢方病大瘇，一脛之大幾如要，一指之大幾如股，平居不可屈信。」再如喻大漢與匈奴關係，「天下之勢方倒縣」「凡天子者，天下之首。」「蠻夷者，天下之足。」「足反居上，首顧居下，倒縣如此，莫之能解」。再如「人主之尊譬如堂，群臣如陛，眾庶如地。」這些比喻都十分形象、生動，很能說明問題。

對比之法的運用　如將打獵的娛樂與國家的安危大事進行對比：「夫射獵之娛，與安危之機孰急？……」再如將秦朝的一些陋習與三代的優良傳統進行對比：「商君遺禮義，棄仁恩……」與「夫立君臣、等上下，使父子有禮，六親有紀……」文長不引。再如太子教育問題，以「夏為天子，十有餘世，而殷受之。殷為天子，二十餘世，而周受之。周為天子，三十餘世，而秦受之。」與「秦為天子，二世而亡。」進行對比，文章很長，也不具引了。對比比平鋪直敘更能說明問題。

引用之法的運用　在行文中，時常引用一些古人的話或諺語更能引人注目以增強說服力。文章在談到建立封建秩序時引用到了管子（即筦子）的話：「禮義廉恥，是謂四維，四維不張，國乃滅亡。」在談到太子教育問題時引用了孔子的話：「少成若天性，習貫如自然。」又引用了《學禮》，文長不贅。在談到教訓的總結時，引用了鄙諺：「不習為吏，視已成事。」「前車覆，後車誡。」在談到太子的重要性時，又引用《書》中的話：「一人有慶，兆民賴之。」本篇文章中的引用是引得非常成功的，在關鍵的地方，起了畫龍點睛的很好的作用。

這篇文章很長，還有其他許多特色可以總結，限於篇幅，這裡就不多羅列了，好在本文有注有譯，讀者是不難從中體會得到的。

三國時曹丕在《典論・論文》中說：「奏議宜雅」，齊梁時劉勰在《文心雕龍・奏啟》中說：「夫奏之為筆，固以明允篤誠為本，辨析疏通為首。強志足以成務，博見足以窮理，酌古御今，治繁總要，此其體也。」今觀賈生〈論時政疏〉全文，確實寫得比較典雅，與〈過秦論〉風格有異；又完全符合劉勰所總結的「奏」文的要求，故能成為一種文體之典範，千古流傳，永垂人間。

論積貯疏

【題解】本文選自《漢書・食貨志》，題目為後人所加。這是一篇關於論述重視農業生產、積貯糧食的文章。漢文帝即位之後，天下經歷楚漢相爭與平定「諸呂」之亂，需要休養生息。但當時有不少人放棄農業經營工商業，使農業受到損傷。賈誼上疏，向文帝建議發展農業、積貯糧食，反對棄農經商；認為只有重視農業與多多地貯藏糧食，才是國家的根本。賈誼還從災禍與戰備的角度闡述了積貯糧食的重要性。這種見解有一定的積極意義，表現出作者犀利敏銳的眼光。

《筦子》❶曰：「倉廩實而知禮節❷。」民不足❸而可治者❹，自古及今，未之嘗聞❺。古之人曰：「一夫❻不耕，或❼受之饑❽；一女不織，或受之寒❾。」生❿之有時⓫，而用⓬之亡度⓭，則物力必屈⓮。古之治天下，至孅至悉⓯也，故其畜⓰積足恃⓱。今背本而趨末⓲，食者甚眾，是⓳天下之大殘⓴也。淫侈㉑之俗日日以長㉒，是天下之大賊㉓也。殘賊公行㉔，莫之或止㉕；大命將泛㉖，莫之振救㉗；生之者甚少而靡㉘之者甚多，天下財產何得不蹶㉙？漢之為漢㉚，幾㉛四十年矣，公私之積，猶可哀痛㉜。失時不雨，民且狼顧㉝，歲惡㉞不入㉟，請賣爵子㊱，既聞耳矣㊲，安有為天下阽危者若是而上不驚者㊳？

【章　旨】本章從正面論述了農業生產的重要性，批判了當時有人放棄農業去經營工商業的不良傾向。

【注　釋】❶筦子　筦，同「管」。《筦子》即《管子》。舊題戰國齊管仲撰，二十四卷，原本八十六篇，今佚十篇。管仲（西元前？～前六四五年），春秋齊潁上人，名夷吾，字仲。初事公子糾，後相齊桓公，主張通貨積財，富國強兵，九合諸侯，一匡天下，使桓公成為春秋五霸之首。現存《管子》一書，為後人假託之作。❷倉廩實而知禮節　語出《管子・牧民》。意為民以食為天，糧食充足，生活富裕了，民眾才有禮法的觀念。❸足　富足。❹者　代詞。指國家。❺未之嘗聞　沒有聽見過這種事。❻夫　男子的通稱。❼或　有的人；有些人。❽受之饑　受饑；挨餓。饑，古代穀不熟曰饑，菜不熟曰饉。❾受之寒　受寒；挨凍。❿生　指生產。⓫有時　指有一定的時限。⓬用　指耗用。⓭亡度　無限制。亡，通「無」。⓮屈　盡；匱乏。⓯至孅至悉　特別細致，特別周備。至，極。孅，同「纖」。細小；細致。悉，完備；周全。⓰畜　同「蓄」。⓱恃　依恃；依靠。⓲背本而趨末　背離農業這個本業而去從事工商等末業。本，根本。末，末梢。先秦以來，有一部分思想家提倡耕戰，他們認為農業是國家的根本。⓳是　此。⓴殘　害。㉑淫侈　奢侈。淫，過分。侈，不節儉。㉒日日以長　一天比一天增長。㉓賊　害。與上文「殘」字意略同，但殘害是指對財物的作踐傷害，賊害則是指奢侈之風對社會造成的損害。㉔公行　到處橫行。㉕莫之或止　沒有誰能稍稍制止。㉖大命將泛　指國家的命運將要面臨危險。大命，國家的命運。泛，同「覂」。傾覆；覆滅。㉗振救　解救；挽救。㉘靡　耗費。㉙何得不蹶　怎麼會不折騰光了呢。蹶，跌倒。這裡指折騰光了。㉚漢之為漢　漢朝自建立政權以來。為，成為。㉛幾　近。㉜公私之積二句　王室與私人的積蓄少得令人痛心。㉝失時不雨二句　老天爺要是失了農時不下雨，民眾就要有所顧慮。狼顧，狼性多疑，走路時常回頭看，此處用作比喻，即顧慮之意。㉞歲惡　年成不好。㉟不入　即「不納」。納不了租稅。㊱賣爵子　朝廷賣官爵，百姓賣子女。㊲既聞耳矣　意為已經聽見了。㊳安有為天下阽危者句　哪裡有治理天下到這樣危險的情況了而皇帝還不受震動的。為天下，治理天下。阽危，危險。若是，如同這樣。上，皇帝。

【語　譯】《管子》說：「只有倉庫裡糧食充足了，民眾才有禮法的觀念。」民眾生活不富足而可以管理得好的，從古代到今天，沒有聽見過這種事。古代的人說：「一個男子不種田，就有一些人會挨餓；一個女子不織布，就有一些人受凍。」生產有時限而耗用無限度，那麼物資的力量一定會匱乏。上古時代的人君治理天下，是特別細致、特別周全完備的，因此完全可以依靠他們的積蓄。但現在背離農業這個本業而跑去從事工商等末業，而吃飯的人卻很多，這是天下的大害。消費奢侈的風氣一天比一天增長，這也是天下的大害。大害橫行，沒有辦法稍稍制止；國家的命運將面臨危險了，沒有辦法進行解救；生產得很少，但是耗費得很多，天下的財產怎麼會不折騰光了呢？漢朝自建立政權以來，近四十年了，國家與私人的積蓄少得令人痛心。天要是失了農時不下雨，民眾就要產生顧慮，年成不好，納不了租稅，朝廷賣官爵和民間賣孩子的事，都已經聽說過了，哪裡有治理天下到這樣危險的情形而皇上卻不震動的呢？

世之有饑穰❶，天之行也❷，禹、湯被之矣❸。即❹不幸有方❺二三千里之旱，國胡以❻相恤❼？卒然❽邊境有急，數千百萬之眾，國胡以餽❾之？兵旱❿相乘⓫，天下大屈⓬。有勇力者聚徒⓭而衡擊⓮，罷夫⓯羸老⓰易⓱子而齩⓲其骨。政治而未畢通⓳也，遠方之能疑者⓴，并舉而爭起矣㉑，迺㉒駭㉓而圖之㉔，豈將有及乎㉕？

【章　旨】本章承上指出如果不發展農業，積蓄糧食，若遇戰事和災荒，或民眾造反，問題就大了。

【注　釋】❶饑穰　饑荒與豐收。饑指荒年。穰指豐年。❷天之行也　大自然常有的現象啊。天，自然。行，常道；常規。❸禹湯被之矣　就是大禹和商湯當政之時也都遭遇得到的。禹，傳說中古代部落聯盟領袖。姒姓，亦稱大禹、夏禹、戎禹。一說名文命。鯀之子。原為夏后氏部落領袖，奉舜命治理洪水。據後人記載，他的時代曾遭到九年大水災，他領導人民疏通江河，興修溝渠，發展農業。在治水十三年中，三過家門而不入。後以治水有功，被舜選為繼承人，舜死後擔任部落聯盟領袖。其子啟建立夏朝。湯，又稱武湯、武王、天乙、成湯。或稱成唐。甲骨文稱唐、大乙。又稱高祖乙。商朝的建立者。原為商族領袖，與有莘氏通婚，任用伊尹執政，積聚力量，準備滅夏。陸續攻滅鄰近的葛國和夏的聯盟韋、顧、昆吾等國，經十一次出征，成為當時強國。後一舉滅夏，建立商朝。據說商湯時曾遭七年旱災。被，遭遇；遭受。賈誼特舉出夏禹和商湯，是要說明天行有常，雖古之聖賢也改變不了自然常規。❹即　假使。❺方　方圓。❻胡以　何以；靠什麼。❼恤　體恤；周濟。❽卒然　突然；倉促的樣子。卒，同「猝」。❾餽　同「饋」。本義是贈送，這裡指向士兵發放糧餉。❿兵旱　兵災、旱災。⓫相乘　一個接著一個。乘，因襲。⓬大屈　特別窮困、短缺。⓭徒　眾。⓮衡擊　即「橫擊」。橫行截擊。意思是搶劫。⓯罷夫　疲憊不堪的人。罷，通「疲」。⓰羸老　瘦弱的老人。⓱易　交換。⓲齩　用口咬物，俗作「咬」。⓳政治而未畢通　政治治理還未完全達到的地方。畢，完全。通，達。⓴遠方之能疑者　遙遠的地方能與朝廷並比的人。疑者，即「擬者」。指同皇帝相比擬的人。㉑并舉而爭起矣　接連起事就要奪取天下了。并，接連。舉，起；發動。㉒迺　同「乃」。才。㉓駭　驚恐；恐慌。㉔圖之　打算解決這件事。㉕豈將有及乎　難道還來得及嗎。

【語譯】世界上有荒年，也有豐年，這是大自然常有的現象，就是大禹和商湯當政的時候也都會遭遇到的。假使不幸而遇上了方圓二三千里地方鬧旱災，國家靠什麼來救濟？又假使突然邊境發生了緊急軍情，數千百萬的部隊，國家拿什麼來向士兵發餉？兵災和旱災，一個接著一個發生，國家會顯得特別窮困和短缺。這時，有勇力的人聚眾而搶劫財物，窮困挨餓到極點的人與瘦弱的老人交換著孩子，啃咬他們的骨頭。等到國家政治還沒有完全達到的地方，遙遠的地方能和朝廷並比的人，接連起事要爭奪天下，才驚慌地打算解決這件事，難道還來得及嗎？

夫積貯❶者，天下之大命❷也。苟❸粟❹多而財有餘，何為而不成❺！以攻❻則取，以守❼則固，以戰則勝，懷敵附遠❽，何招而不至❾！今毆民而歸之農⑩，皆著於本⑪，使天下各食其力，末技⑫游食⑬之民，轉而緣南晦⑭，則畜積足而人樂其所⑮矣。可以為富⑯安天下，而直⑰為此廩廩⑱也！竊⑲為陛下惜之！

【章　旨】本章進一步論述了積貯糧食的重要性，提出讓工商業者歸農的主張，並表示了自己對目前情況的擔憂。

【注　釋】❶積貯　積蓄貯藏糧食。❷大命　國家的命運。❸苟　假如。❹粟　本指小米，此處泛指糧食。❺何為而不成　做什麼事能不成功呢。何為，即「為何」。做什麼。❻以攻　借此來進攻。❼以守　借此來防守。❽懷敵附遠　使敵對者歸順，使遠方的人依附。❾何招而不至　哪裡有招呼而不到的呢。❿毆民而歸之農　促使老百姓歸於農業生產。毆，通「驅」。驅趕；促使。⓫皆著於本　都落足於本業。即從事農業。著，附著；著落。⓬末技　指工商業。⓭游食　指那些遊居無業的人。⓮緣南晦　順著田間跑。意為從事農業勞動。南晦，即「南畝」。指田間。⓯樂其所　樂意待在他所待的地方。意指安居樂業。所，地方；處所。⓰為富　形成富足的局面。⓱直　只是；卻。⓲廩廩　恐懼的樣子。⓳竊　私下；私自。多用作謙詞。

【語　譯】積貯糧食這件事，是關係到國家的命運的。假如糧食很多，錢財也有剩餘，做什麼事情能不成功呢！憑藉這個條件來進攻就能奪取城池，憑藉這個條件來防守就能固若金湯，憑藉這個條件來作戰就能取得勝利，使敵對者歸順，使遠方的人依附，哪裡有招呼而不到的呢！現在促使老百姓歸之於農業的生產，都落腳於本行，讓天下的人都自食其力，從事工商業的、遊居無業的人也都轉向農業生產，那麼糧食就會積貯得很多，人民就樂意待在他所待的地方而安居樂業了。本來可以造成使天下富足安康的局面，但是現在卻形成了一種令人恐懼的狀況啊！我私下為陛下感到可惜！

【研　析】經過秦末戰爭，天下大困；西漢立國之初，漢高祖劉邦的馬車連四匹一樣毛色的馬都難以配齊。在這樣的情況下，統治階級推崇黃老之術，採取無為而治、讓民休息的方針無疑是正確的，因此，發展農業生產乃當務之急。然而，就在農業生產情況剛有起色之時，一些急功好利之徒卻放棄了農業，熱衷於從商活動。當經濟發展到一定的程度時，發展商業以加強流通是無可厚非的，但在當時卻還不是時候。賈誼看到了這種情況，提出了自己的意見。

在這篇疏文中，賈誼首先引用了古代著名政治家、經濟學家管仲的話作為自己立論的發端。管仲曾幫助齊桓公稱霸，他說：「倉廩實而知禮節。」認為只有倉庫裡糧食充足了，民眾才有禮法的觀念，才可以進行管理。接著賈誼又引用古人的話作為自己立論的又一依據，增加了文章的氣勢與說服力，然後，賈誼才開始闡述自己的主張。

在賈誼闡述自己政治主張時，又採用了「正說反證」的方法。他先從正面論述重視農業生產的必要性，批判那種棄農經商的不良傾向，指出：「漢之為漢，幾四十年矣，公私之積，猶可哀痛。」在這種情況下，發展農業，積貯糧食，是最最重要的事情。其次，是從反面來論證，他指出，如不發展農業，不積貯糧食，那麼在遇到戰爭或災荒或民眾造反時，問題就大了，那時「駭而圖之，豈將有及乎？」提請最高統治階級現在就要重視這個問題。再次，賈誼進一步直接論述了積貯的重要性，「夫積貯者，天下之大命也。」把積貯糧食問題看成是關係到國家命運的大問題，提出要讓那些已經棄農經商的工商業者「歸農」、「著本」，並表示了自己對目前情況的擔憂。

本文既有論述，又有辯析；既引古訓，又申己見；既有正面論證，又有反面設想；條理清楚，邏輯性強，說理透徹，有很強的說服力。

上都輸疏

【題解】本文針對當時的納稅制度而發。作者認為，當時的都城在長安，而淮南國以東的地區向中央納稅，中間要經過諸侯國，路途太遠，費用太大，手續太為麻煩，百姓負擔太重，這種情況應當改革。作者寫作本文還有一個目的，即又提出了諸侯國的問題，諸侯國割據一方，尾大不掉，中斷了地方與中央的交通，不利於中央集權的統一，這個問題是需要認真對待並加以解決的。

天子都長安，而以淮南東道❶為奉地❷。鏹❸道數千，不輕致輸❹郡。或乃越諸侯而遠調❺，均發徵❻，至無狀❼也。古者天子❽之地方千里，中之而為都❾，輸將繇❿使，其遠者不在五百里而至。公侯⓫地百里，中之而為都，輸將繇使，遠者不在五十里而至。輸者不苦其繇，繇者不傷其費，故遠方人安。及秦不能，分人寸地，欲自有之輸，將起海上而來。一錢之賦，數十錢之費，不輕而致也。上之所得甚少，而人之苦甚多也。

【注　釋】❶淮南東道　此處當指淮南國以東的地區。淮南國，原為九江郡。漢高祖四年（西元前二〇三年），改九江郡為淮南國，立黥布為淮南王，高祖十一年（西元前一九六年）黥布反，漢高祖立子長為淮南王。❷奉地　向天子直接交納貢賦的地區。賈誼《新書・益壤》：「今淮南地遠者或數千里，越兩諸侯而縣屬於漢，其苦之甚矣……此終非可久為奉地也。」可作此全句解釋的參考。❸鏹　通「繈」。錢貫。引申為錢。❹輸　原指輸送、轉運。又可指繳納、獻納。漢桓寬《鹽鐵論・本議》：「往者，郡國諸侯各以其物貢輸。」特指納稅。❺調　徵調；徵發。❻發徵　發令徵收或徵求。❼狀　情狀。❽天子　古以君權為神授，謂君主秉承天意治理人民，故稱天子。❾都　都城。❿繇　通「遙」。遠。⓫公侯　公爵與侯爵。

【語　譯】皇帝的都城建於長安，而以淮南國以東的地方作為向皇帝直接交納貢賦的地區。送錢的道路有幾千里之遠，因此由郡裡將錢送到長安不是件方便的事。現在有的甚至越過諸侯國而遠遠地徵調，與別的地方一樣地進行發令徵求，以至亂到了沒有情狀的地步。古時侯向天子直接交納貢賦的地方是方圓一千里，中間是都城，那麼所交納的錢物遠送而來，最遠的也不過在五百里以內。公侯的封地方圓一百里，中間是都城，那麼所交納的錢物遠送而來，最遠的也不過在五十里以內。納稅的人不以其遠為苦，遠的也不擔心其費用，因此住在邊遠之地的人也很安定。到了秦朝就不能做到這一點，皇帝把所有的土地都占為己有，想自己擁有天下人交納的貢賦，把地盤一直劃到海邊為止。老百姓交一個銅錢的稅金，卻要花費數十個銅錢的費用，因為路途太遠，賦稅不是很方便就能送到的。皇帝所得到的很少，而人民百姓的苦處卻是很多啊。

【研　析】賈誼是一位十分關心國家前途命運和人民生活痛苦的政治家，在這篇短短的疏文中，我們又可強烈地體會到這一點。西漢時國家疆域廣大，但東南沿海地區的人到都城長安交納貢賦，路途實在太為遙遠，即使百姓交納的錢不是很多，路上的浪費也太多了。另外一個問題是，當時諸侯割據的現象正在重新形成。對諸侯王勢力的急劇膨脹的問題，這一直是賈誼所擔心的，在這一篇賦文中，賈誼又從另一個側面提起了這個問題，認為邊遠地區的人們越過諸侯國將貢賦送到首都長安實在是一件不方便的事，提請中央政權注意這個問題。

本文中心明確，用語簡潔，既有論說，又引古例，說服力很強，是一篇較好的奏疏。

諫鑄錢疏

【題解】西漢初期，因銅鑄錢的特權雖是屬於國家的，但民間盜鑄的現象也時有發生。文帝五年（西元前一七五年）除盜鑄錢令，使民得自鑄。對此，賈誼上疏表示堅決反對。其理有三：一是私人鑄錢必然摻假，摻假是犯法的，因此犯罪之人日眾；二是民間鑄錢輕重不一，不利於流通；三是影響農業生產。因此賈誼認為「姦數不勝，而法禁數潰，銅使之然也。然銅布於天下，其為禍博矣。」但漢文帝卻沒有接受賈誼的意見。文帝堅持除盜鑄令，其動機是好的，但效果卻很不好，「吳以諸侯即山鑄錢，富埒天子，後卒叛逆；鄧通，大夫也，以鑄錢，財過王者。故吳、鄧錢布天下。」（《漢書・食貨志》）這是文帝所未曾料到的。由此，我們倒看出賈誼的建議卻是經過深謀遠慮的。

法使天下公得顧租❶，鑄銅錫為錢，敢雜以鉛鐵為它巧❷者，其罪黥❸。然鑄錢之情，非殽雜❹為巧，則不可得贏❺，而殽之甚微，為利甚厚。夫事有召❻禍，而法有起姦❼。今令細民❽人操造幣之勢❾，各隱屏❿而鑄作，因欲禁其厚利微姦，雖黥罪日報⓫，其勢不止。迺者⓬民人抵罪，多者一縣百數，及吏之所疑，榜笞⑬奔走⑭者甚眾。夫縣⑮法以誘民，使入陷阱⑯，孰積於此。曩⑰禁鑄錢，死罪積下；今公鑄錢，黥罪積下。為法若此，上何賴焉？又民用錢，郡縣不同。或用輕錢，百加若干；或用重錢，平稱不受⑱。法錢⑲不立，吏急而壹之虖⑳，則大為煩苛㉑，而力不能勝。縱而弗呵虖，則市肆㉒異用㉓，錢文㉔大亂。苟非其術，何鄉㉕而可哉？今農事棄捐㉖，而采銅者日蕃㉗，釋㉘其耒耜㉙，冶熔炊炭，姦錢㉚日多，五穀㉛不為多。善人怵㉜而為姦邪，愿民㉝陷而之㉞刑戮㉟，刑戮將甚不詳㊱，奈何而忽㊲？國知患此，吏議必曰禁之。禁之不得其術㊳，其傷㊴必大。今禁鑄錢，則錢必重，重則其利深㊵。盜鑄如雲而起，棄市㊶之罪，又不足以禁矣。姦數不勝，而法禁數潰㊷，銅使之然也。然銅布於天下，其為禍博㊸矣。

【章　旨】本章論述了除盜鑄令使命放鑄的三大害處，以見其嚴重後果。

【注　釋】❶顧租　僱傭之值。❷巧　此處指虛偽不實。❸黥　同「剠」。古代肉刑的一種。即墨刑。以刀刺人面額後涅以墨。❹殽雜　混淆駁雜。殽，同「淆」。混雜之意。❺贏　盈利。❻召　招。❼姦　通「奸」。邪惡不正。❽細民　小民；平民。❾勢　態勢；姿態。❿隱屏　同「隱蔽」。⓫報　判罪；審判。⓬迺者　即「乃者」。從前；往日。⓭榜笞　鞭打。⓮奔走　逃跑。⓯縣　同「懸」。⓰陷阱　捕獸或擒敵的坑坎。喻陷害人的羅網。⓱曩　早些時候。⓲平稱不受　指用重錢，則平稱有餘不能受。平稱，天平。⓳法錢　按官府規格鑄造的錢。⓴壹之虖　猶「壹呼」。即「一呼」。一次號令。㉑煩苛　煩法苛政。㉒市肆　市中商店。㉓異用　分開用。㉔錢文　指錢面的文字。㉕鄉　通「嚮」。㉖棄捐　放棄。㉗蕃　多。㉘釋　放下。㉙耒耜　上古時的翻土農具。耜以起土，耒為其柄。原始時用木，後世改用鐵。此處指農具。㉚姦錢　指不符合標準的摻了鉛鐵的錢。㉛五穀　五種穀物。後來統稱穀物為五穀，不一定限於五種。㉜怵　通「訹」。利誘。㉝愿民　樸實、善良的人民。㉞之　至；至於。㉟刑戮　犯法受刑罰或處死。㊱詳　此處通「祥」。吉祥。㊲忽　忽略；不經意。㊳術　方法。㊴傷　損失。㊵深　厚。㊶棄市　古代在鬧市執行死刑，陳屍街頭示眾，稱棄市。㊷潰　敗。㊸博　多。

【語　譯】法律允許在全國範圍內公開僱工租山開採銅礦、錫礦鑄造銅錢，並對於膽敢以鉛和鐵摻雜其中以製造假錢的，規定判處黥刑。但是鑄錢的情況是，如不混淆摻雜製造假幣，就難以獲得利益，而只要摻雜很少，就可以獲得很大的利益。做事可以招來禍害，公布法令也可以使人起邪惡不正之心。現在規定一般的平民百姓也可以掌握製造貨幣的技術，都可以私下鑄造錢幣，所以要想禁止他們為獲得厚利而使用不正當的手段，即使天天判處一些人黥刑，這種情勢也是抑止不住的。往日，老百姓獲罪的人，多的一個縣就有好幾百人，再加上官吏所懷疑的、遭到鞭打的、逃跑的那就更多了。高掛著法律的條文引誘人民去犯罪，讓人跌落到陷阱裡去，國家怎麼會變到這種地步。以前禁止鑄錢、犯死罪的人很多；現在可以公開鑄錢，犯黥罪的人很多。如此的變換法律，皇帝還依靠什麼來維護國家的尊嚴呢？又人民使用貨幣，每個郡、每個縣都不相同。有的使用分量輕的銅錢，每一百文要加若干文才能足數；有的使用分量重的銅錢，天平不能承受。標準的銅錢變得不標準了，官吏們急得大呼要由國家發布一次命令。這樣的煩法苛政，是任何人的力量所不能克服的。即使人民不提意見，市中商店只允許用這種錢，不許用那種錢，錢面的文字便會十分混亂。如果不通錢幣之術，誰知道哪一種錢幣能用呢？現在農事上的荒廢比較嚴重，而參加開採銅礦的人卻日益增多，人們放下了農具，卻學起了煉銅鑄幣的技術，這樣，摻雜了鉛鐵的假錢一天天多起來，而糧食產量卻不再增加了。善良的人受到誘惑變成壞人，樸實的人觸犯法令受到刑罰或被處死。受到刑罰或處死是不吉祥的，為什麼對此毫不經意呢？國家知道了這種禍患，官吏們討論的結果一定是要禁止公開鑄錢之法。如果禁止時沒有能夠採取適當的方法，那麼造成的後果一定是嚴重的。如果下令禁止鑄錢，那麼銅錢一定會變得貴重，銅錢變得貴重了，其利一定會變得更高。其利提高了，那麼盜鑄之風氣會像雲一樣湧起，那麼連觸犯者判處「棄市」之罪，都難以禁止了。奸邪之事，層出不窮，而推行法律屢次失敗，這都是銅的緣故啊。然而銅遍布天下，它形成的禍害是夠大的了。

今博禍❶可除，而七福❷可致也。何謂七福？上收銅，勿令布❸，則民不鑄錢，黥罪不積，一矣。偽錢不蕃❹，民不相疑，二矣。採銅鑄作者，反❺於耕田，三矣。銅畢歸於上，上挾❻銅積以御❼輕❽重❾，錢輕則以術斂❿之，重則以術散之，貨物⓫必平，四矣。以作兵器，以假⓬貴臣，多少有制，用別貴賤，五矣。以臨⓭萬貨，以調盈⓮虛⓯，以收奇羨⓰，則官⓱富貴而末民⓲困⓳，六矣。制⓴吾器財，以與匈奴，逐爭其民，則敵必懷㉑，七矣。故善為㉒天下者，因禍而為福，轉敗而為功，今久退七福，而行博禍，臣誠㉓傷之。

【章　旨】本章論述了將開山採銅鑄錢的權力收歸中央政府的七大好處，並指出這樣可因禍為福，轉敗為功。

【注　釋】❶博禍　多種禍害。❷福　幸福；福氣。凡富貴壽考、康健安寧、吉慶如意、全備圓滿皆謂之福。❸勿令布　不要發布命令。❹蕃　眾多。❺反　通「返」。❻挾　擁有；懷抱。❼御　駕馭車馬。駕馭車馬的人也稱御。❽輕　不貴重。❾重　貴重。❿斂　收。⓫貨物　貨幣與物資。⓬假　給予。⓭臨　統管；治理。⓮盈　富餘。⓯虛　不足。⓰奇羨　贏餘；積存的財物。⓱官　官府。⓲末民　古代常以農為本，因稱工商業者為末民。⓳困　貧乏；短缺。⓴制　節制；制止；控制。㉑懷　歸向；來到。㉒善為　善於統治。㉓誠　實在；確實。

【語　譯】現在多種禍患可以除去，並且七件福事可以得到。什麼是七件福事？皇上收集天下所有的銅，不要發布除盜鑄錢令使民放鑄，則百姓就不可鑄錢，那麼黥罪就不會多，這是第一件。假錢不再生產出來，老百姓也用不著互相懷疑，這是第二件。讓那些開採銅礦，參加鑄錢的人都回到農田上去耕作，這是第三件。銅全部歸於皇上以後，皇上擁有了銅並且用它來控制銅錢價值的貴賤輕重，錢的價值太低了就想辦法收集它，錢的價值太高了就想辦法散出一些使它變低一些，這樣錢幣和物資的價格就會持平，這是第四件。用來製造武器，用來賞賜給那些重要的大臣，每個人擁有的錢幣的多少都有一定的標準，用這個辦法來區別地位的高貴與低賤，這是第五件。用來統一管理各種物資，用來調節貨物的多餘與缺少，用來收集贏餘積存的貨物，這樣一來官府就會變得富有而高貴，而那些工商業者就會貧乏短缺一些，這是第六件。控制住我們要拋棄的財產，用來對付匈奴，趕走或爭取他們的百姓，這樣一來，敵人就一定會來歸順，這是第七件。因此善於統治國家的人，有本事把禍事變成福事，把失敗變為成功。現在長久地屏退了七件福事，而推行多禍的政策，我實在為此感到悲傷。

【研　析】基於對當時社會情況的深入了解和對政策利弊的透徹認識，賈誼在中央即將頒發除盜鑄令之時，向皇帝送上了這篇奏疏，陳述了自己對於這個問題的看法。今天，我們用歷史的眼光來看待賈誼，不能不佩服賈誼目光的敏銳犀利和對法令頒布後所產生結果的正確預見。

善於歸納，使文章的內容顯得緊湊，是這篇疏文的一個顯著特色。在第一段裡，賈誼就將除盜鑄令頒布後會出現的弊病歸結為三點，在第二段裡，又歸納了將採銅鑄錢的權力收歸中央政府的七大好處謂之「七福」。賈誼認為，只要中央政府牢牢掌握財政大權，不放手讓民間鑄錢，就「博禍可除」、「七福可致」。由於這種歸納法的運用，使得這篇文章中心突出、條理分明，大大加強了文章的說服力。

請封建子弟疏

【題解】漢文帝繼位以後，各同姓諸侯王勢力急劇膨脹，實力雄厚，對朝廷的法令有時不予執行；而文帝愛子梁懷王已死，其餘二個親子雖也立為諸侯王，卻勢力較弱。賈誼此疏即為此而發。在這篇上於漢文帝十一年（西元前一六九年）的疏中，賈誼尖銳地指出這種形勢對朝廷不利，建議為梁王立後和擴大文帝二個親子的封地，增強他們的實力，以協助朝廷控制大諸侯。對於賈誼這個建議，文帝基本上是接受了的，賈誼上疏後不久，文帝就徙淮陽王劉武為梁王，封地北界泰山，西至高陽，有大縣四十餘城，以為朝廷的屏障。

陛下即不定制❶，如今之勢，不過一傳再❷傳。諸侯猶且人恣❸而不制，豪植❹而大強❺，漢法不得行❻矣。陛下所以為蕃扞❼，及皇太子之所恃❽者，唯淮陽❾、代❿二國耳。代，北邊匈奴⓫，與強敵為鄰，能自完則足矣。而淮陽之比大諸侯，廑⓬如黑子⓭之著面，適足以餌⓮大國耳，不足以有所禁禦⓯。方今制在陛下，制⓰國而令子適足以為餌，豈可謂工⑰哉？人主之行異布衣⑱。布衣者，飾⑲小行⑳，競小廉，以自託㉑於鄉黨㉒，人主唯天下安社稷固㉓不耳。高皇帝瓜分天下以王功臣，反者如蝟毛㉔而起。以為不可，故蔪㉕去不義諸侯，而虛其國，擇良日，立諸子雒陽㉖上東門之外，畢㉗以為王，而天下安。故大人㉘者，不牽㉙小行以成大功。今淮南㉚地遠者，或數千里越兩諸侯而縣屬於漢，其吏民繇役㉛往來長安者，自悉而補，中道衣敝㉜，錢用諸費稱㉝此，其苦屬漢而欲得王至甚。逋逃㉞而歸諸侯者，已不少矣，其勢不可久。

【章　旨】本章將勢力單薄的文帝二子與其他勢力急劇膨脹、實力雄厚的諸侯王進行對比，指出這種情況對朝廷不利，不能再持續下去了。

【注　釋】❶制　成法；準則；制度。❷再　兩次；第二次。也可指兩次以上。❸恣　放縱；聽任。❹豪植　樹立強大的勢力。❺大強　實力大大增強。❻行　推行。❼蕃扞　屏蕃捍衛。即「藩捍」。❽恃　依恃；依靠。❾淮陽　郡、國名。傳為伏羲所都，周為陳國。漢高祖十一年置淮陽國，都於陳。❿代　郡、國名。古代國，戰國趙滅了它後置代郡，秦漢沿置，有今山西省東北部及河北蔚縣附近地，治桑乾縣，在今河北蔚縣東北。⓫匈奴　古代我國北方民族之一。也稱胡。先後叫鬼方、混夷、獫狁、山戎。秦時稱匈奴。散居在大漠南北，過游牧生活，善騎射。《左傳》、《史記》、《漢書》對匈奴族的歷史均有詳細記載。⑫廑　僅。⑬黑子　黑痣。⑭餌　誘魚上鉤的食物。⑮禁禦　禁止與抵禦。⑯制　節制；制止；控制。⑰工　精密；精巧。⑱布衣　布製的衣服。即庶人之服。也作為平民的代稱。⑲飾　掩飾。⑳小行　小的行動。㉑託　託付。㉒鄉黨　猶「鄉里」。㉓社稷固　政權穩固。㉔蝟毛　比喻眾多。蝟，哺乳動物名。即刺蝟。㉕蘄　通「芟」。除去。㉖雒陽　洛陽。㉗畢　皆；全。㉘大人　德行高尚的人。㉙牽　牽制；拘泥。㉚淮南　淮河以南。㉛繇役　傜役。繇，通「傜」。㉜敝　破舊。㉝稱　相當；符合。㉞逋逃　指逃亡的罪人。

【語譯】陛下假使不訂定制度，如今的形勢，只不過是傳了一代或兩代而已。而那些諸侯王又放縱而不自我節制，大大擴張自己的勢力，變得十分強大，使漢朝廷的法令不能推行。陛下用來屏藩捍衛，以及皇太子所倚仗的，只有淮陽國和代國啊。代國，北邊緊靠著匈奴，與強大的敵人作鄰居，能夠自己保全自己就很足夠了。而淮陽國與那些大的諸侯國相比，僅僅如同黑痣長在臉上，剛夠作為誘魚上鉤的食物，不足以對他們進行制止與抵禦。現在的制度是陛下制定的，陛下控制著國家，卻使自己的兒子剛夠作為大諸侯國的誘餌，這難道可以說是精密嗎？君主的行為與百姓是不一樣的。老百姓要掩飾自己小小的行動，講究那小小的廉潔，把自己完全託付給鄉里就可以了，而君主要考慮的是國家是否安定、政權是否穩固。高祖皇帝瓜分天下封功臣為王，結果造反的人像刺蝟的毛那樣多。後來認為不可以，因此除去那些不好的諸侯王，而空著那些位置，選擇了好的日子，讓自己的兒子、侄兒在洛陽城的上東門之外面，全部封他們為王，因此天下趨於安定。因此作為一個德行高尚、做大事業的人，不會為一些小小的行動所牽制以成就很大的功業。

現在淮河以南有些很遠的地方，有些隔了好幾千里地跨越兩個諸侯國而縣城還是屬於漢朝廷的，它的小吏百姓和服勞役的人前來長安，從那裡到這裡，走到半路，衣服都要變得破舊，路上開支費用之多也與此相應，他們苦於隸屬漢朝廷而欲自己稱王的願望已經很強烈了。有些罪犯逃跑了，也都跑到諸侯國去，已經很不少了，這種局勢是不可以使它長久地持續下去的。

臣之愚計，願舉淮南以益淮陽，而為梁❶王立後，割淮陽北面二三列城與東郡❷以益❸梁。不可者，可徙❹代王而都睢陽❺。梁起於新郪❻以北著❼之河；淮陽包❽陳❾以南，揵❿之江，則大諸侯之有異心者，破膽而不敢謀。梁足以扞⓫齊、趙，淮陽足以禁⓬吳、楚，陛下高枕⓭，終亡⓮山東之憂矣。此二世⓯之利也。

【章　旨】本章建議擴大文帝二個兒子的封地，增強他們的實力，以協助朝廷來控制大諸侯。

【注　釋】❶梁　戰國時魏惠王徙大梁，改魏稱梁。漢高祖封彭越為梁王，漢文帝先後封第二子劉武（即梁孝王）、少子劉揖（即梁懷王）於梁國為王。❷東郡　郡名。秦取魏地置，以在秦東，故名。治所在濮陽，即今河南濮陽南。漢時轄今山東河南部分地區。❸益　增加。❹徙　遷徙。❺睢陽　地名。春秋宋地，周初微子封國。秦為睢陽縣，屬碭郡，以位於睢水之陽而名。漢屬梁國。❻新郪　地名。古稱郪丘，戰國魏邑。《漢書・地理志上》：「汝南郡……新郪」注：「應劭曰：『秦伐魏，取郪丘。漢興為新郪。』」故地在今安徽首縣東北茨河南岸。❼著　附著。❽包　包含。❾陳　春秋諸侯國名。周初封舜之後嬀滿於陳，春秋末為楚所滅。國在今河南淮陽及安徽亳縣一帶。❿揵　建立封界。一說揵，接的意思。⓫扞　通「捍」。⓬禁　制止。⓭高枕　謂安臥、無憂。⓮亡　通「無」。⓯二世　兩代。

【語譯】我愚昧的計畫是，希望畫出淮河的南部土地增加給淮陽城，並且讓淮陽王擔任梁王，割出淮陽城北面二三排的城市和東郡來增益給梁國。如果這樣不可以，可以遷徙代王讓他以睢陽作為國都。梁國的土地從新郪起以北都是，連著黃河；淮陽國包含著陳地以南，界限直到長江，這樣一來，各大諸侯國即使有反叛之心，也都嚇破膽子了，不敢作壞的打算。梁國足以捍衛齊、趙之地的疆界，淮陽國足以制止吳、楚之地的動亂，這樣子，陛下可以高枕無憂了，始終沒有殽山以東的憂患。並且，這樣做的好處是可以有利於兩代人。

當今恬然❶，適❷遇諸侯之皆少，數歲之後，陛下且❸見之矣。夫秦日夜苦心勞力，以除六國之旤❹。今陛下力制❺天下，頤指❻如意，高拱❼以成六國之旤，難以言智。苟身亡❽事，畜❾亂宿❿旤，孰視⓫而不定，萬年之後⓬，傳之老母弱子，將使不寧⓭，不可謂仁⓮。臣聞聖主言問其臣而不自造事，故使人臣得畢其愚忠，唯陛下財幸⓯。

【章旨】本章指出：不應當為目前暫時安寧的社會環境所迷惑，要及早作出安排，方可避免日後的動亂。

【注釋】❶恬然 安閒貌。❷適 適合；恰好。❸且 將。❹猧 通「禍」。❺力制 以權力統治、控制。❻頤指 以面頰表情示意指使人。頤，腮；下頷。❼拱 抱拳；斂手。❽亡 通「無」。❾畜 蓄。❿宿 停止；留住。⓫孰視 熟視；久視。⓬萬年之後 指文帝駕崩之後。⓭寧 安寧；安定。⓮仁 古代一種含義廣泛的道德觀念。其核心指人與人的相親、相愛。⓯財幸 裁擇而幸從其言。財，同「裁」。

【語譯】現在的國家是安定的，因為現在的諸侯王年齡都還小，幾年之後，陛下就可以見到一些情況的發生了。秦始皇日夜地操勞，費盡心機才廢除了六國諸侯，以消除禍患。現在陛下以權力統治天下，以面部表情示意指使人做事，一切如意，但高高地斂手，讓諸侯王們養成了勢力，種下了禍患，這很難說是聰明的。雖然陛下活著時沒有事情，但是也已積蓄下了禍亂。如果熟視無睹，不採取措施，等到陛下駕崩之後，將位置傳給了老皇后與年齡幼小的皇子時，就將出現不安寧的情況了，這不可以說是仁愛的。我聽說聖明的君主遇事都要詢問臣子而不自己製造事端，因此使大臣們能夠竭盡忠心為朝廷辦事，因此希望陛下聖裁，並且有幸聽從我的話啊。

【研析】在賈誼短暫的一生中，最讓他擔心的問題之一就是諸侯王割據問題。在這篇奏疏中，賈誼十分明確地向皇帝提出了這個當時已顯得十分嚴重的問題，提請皇帝注意。

為了充分地說明這個問題，賈誼主要是採用了對比的寫作手法。他將文帝二個兒子的勢力與各大諸侯國進行對比，指出文帝二個兒子的封地太小，且代國北鄰匈奴，與強大的敵人為鄰，能夠自安就很不錯了，除此之外，是無力他顧的；而淮陽國與那些諸侯大國相比，則更顯得微不足道了。賈誼指出，這種形勢下，如果老皇帝健在，那還能維持一種比較穩定的局面；但如果老皇帝一死，小皇帝登基，孤兒寡母就難以控制那些專橫拔扈的諸侯王了。那些諸侯王封地的廣大、實力的雄厚，究其因，固然不完全是漢文帝的原因，是漢高祖時就已分封好了的，現在勢力日漸強大，逐漸形成了與中央政權分庭抗禮的局面。而文帝由於在高祖諸子中地位較低，是在諸呂平定後被大臣們選中從代王位置上接任皇帝的，故一直謹小慎微，瞻前顧後，不敢有大的動作，在自己兒子封地問題上也是如此，以致形成了這種局面。

其次，文章還運用了比喻等其他手法，使文章更顯形象與生動。比如將淮陽國與其他大諸侯國相對比，用「如黑子之著面，適足以餌大國耳」來描繪，實在是形象之極。再如說功臣造反，是「如蝟毛而起」；說皇帝力制天下，是「頤指如意」等等，這一切都增加了這篇文章的可讀性。

諫立淮南諸子疏

【題解】漢高祖定天下後，封子劉長為淮南王，文帝時反，赦徙蜀，死於路上，謚厲王。文帝復封淮南厲王四子皆為列侯，賈誼知文帝必將重新封他們為王，認為漢室之患將從此開始，於是上疏勸諫。此疏即明白地陳述了重新封淮南厲王諸子為王的害處。

竊❶恐陛下接王淮南諸子❷，曾不與如臣者孰計❸之也。淮南王之悖逆❹亡道❺，天下孰❻不知其辠❼。陛下幸而赦遷❽之，自疾❾而死，天下孰以王死之不當？今奉尊罪人之子，適❿足以負謗⓫於天下耳。此人⓬少壯，豈能忘其父哉？白公勝⓭所為父報仇者，大父⓮與伯父、叔父也。白公⓯為亂，非欲取國代王也，發忿⓰快志，剡手⓱以衝仇人之胸，固為俱靡⓲而已。淮南⓳雖小，黥布⓴嘗㉑用之矣。漢存特㉒幸耳。夫擅㉓仇人足以危㉔漢之資㉕，於策㉖不便㉗。雖割而為四，四子一心也。予㉘之㉙眾，積之財，此非有子胥㉚、白公報於廣都㉛之中，即疑有剸諸㉜、荊軻㉝起於兩柱之間，所謂假㉞賊兵㉟為虎翼㊱者也。願陛下少㊲留計㊳。

【注釋】❶竊　私下。❷接王淮南諸子　復以淮南王劉長諸子為王。淮南，指淮南王劉長。劉長，漢高祖之子，高祖十一年（西元前一九六年）封為淮南王，文帝時因謀反事，謫徙蜀郡，途中不食而死。文帝十六年（西元前一六四年），長子劉安襲封為淮南王。好文學，曾奉漢武帝命作〈離騷傳〉。又招致賓客方術之士數千人，集體編寫《鴻烈》一書，即現在所傳的《淮南子》。元狩元年（西元前一二二年），有人告安謀反，下獄自殺。❸孰計　縝密的考慮。孰，通「熟」。❹悖逆　違亂忤逆。後統稱抗命叛逆之事為悖逆。❺亡道　暴亂，沒有德政。亡，通「無」。❻孰　誰。❼辠　古「罪」字。❽赦遷　赦免遷徙。❾自疾　自己得病而死。❿適　適合；恰好。⓫謗　指責別人的過失。⓬此人　指劉長的長子劉安。⓭白公勝　春秋楚平王太子建之子。名勝，又稱王孫勝。封於白，因以為姓。太子建以讒亡奔宋，後奔鄭，為鄭人所殺，勝與伍子胥奔吳。平王死，昭王立，勝歸楚為巢大夫，亟欲報仇。惠王十年，襲殺令尹子西、司馬子期，劫惠王，自立為王。後葉公子高起兵，勝敗，自縊死。⓮大父　祖父。⓯白公　白公勝。⓰發忿　發洩自己的憤怒。⓱剡手　舉手。剡，舉起。⓲靡　倒下。⓳淮南　此處用作地名。泛指淮水以南之地，大致為今江蘇安徽兩省長江以北、淮河以南的地方。漢高祖四年，改九江郡為淮南國。武帝元狩初復稱九江郡。此處即指高祖四年以後的淮南國。⓴黥布　即英布（西元前？～前一九五年）。漢六人。曾犯法被黥面，故又稱黥布。秦末率驪山刑徒起事，歸附項羽，封九江王，奉項羽令，使將追殺義帝於郴縣。楚漢相爭時，隨何說之歸漢，封淮南王，從劉邦擊殺項羽於垓下。高祖十一年，韓信、彭越被殺，布不自安，遂發兵反。高祖親征，破布軍於蘄西，布敗走長沙，為番陽人所殺。詳《史記・黥布列傳》。㉑嘗　曾經。㉒特　只；但。㉓擅　隨便；任意。㉔危　危害。㉕資　憑藉；依託。㉖策　謀略。

㉗便　利。㉘予　給予。㉙之　代詞。此處指劉長四子。㉚子胥　伍子胥（西元前？～前四八四年）。名員，春秋楚人。父奢兄尚都被楚平王殺害。子胥奔吳，吳封以申地，故稱申胥。與孫武共佐吳王闔閭伐楚，五戰入郢（楚都），掘平王墓，鞭屍三百。吳王夫差敗越，越請和，子胥諫不從。夫差信伯嚭讒，迫子胥自殺。㉛廣都　大都。㉜剸諸　即專諸（西元前？～前五一五年）。春秋時吳國堂邑人。吳公子光（闔閭）陰謀刺殺吳王僚而自立，伍子胥推薦專諸於光。僚十二年，光具酒請僚，專諸置匕首於魚腹中，乘進獻時刺僚立死。專諸亦當場為僚左右所殺。公子光遂自立為王。㉝荊軻　戰國衛人（西元前？～前二二七年）。稱荊卿，又名慶卿。為燕太子丹客，受命至秦刺秦王，詐獻樊於期首級與燕督亢地圖。既見，軻以匕首刺秦王，不中，被殺。㉞假　借。㉟兵　兵器。㊱翼　翅膀。㊲少　稍。㊳留計　猶言留意。

【語　譯】我私下擔心陛下接著要做的就是恢復淮南王諸子的王位，這件事陛下還沒有與像我這樣的謀臣們縝密地研究過。淮南王違亂忤逆，沒有道德，天下人哪個不知道他的罪行。陛下有幸而赦免了他的死罪，只是將他遷徙，而他卻自己得病而死，天下人哪一個以為他死得不應當？現在陛下要尊奉罪人的兒子，那就正好要被天下的人所指責了。這個人年輕力壯，難道他能忘記自己的父親嗎？白公勝要為自己的父親報仇，報仇的對象就是自己的祖父和伯父、叔父。白公勝作亂，不是要奪取國家，取得國王的位置，而是發洩自己的忿怒，實現自己的願望，拿刀穿透自己仇人的胸膛，與之同歸於盡罷了。淮南國地方雖然不大，但是英布曾經憑藉這個地方造反。漢朝的天下能夠存在下來，只不過是一種幸運而已。讓自己的仇人隨意發展自己的勢力，使他具備與朝廷抗命的資本，這在謀略上對朝廷是不利的。淮南國雖然一分為四，但四個兒子會是一條心的。給他們那麼多的人，讓他們積累了財富，此間即使沒有伍子胥、白公勝這樣想在國都報仇的人，我也懷疑他們會派出像專諸、荊軻這樣的刺客在朝廷的殿堂之上行刺，這就是平常所說的借給強盜糧食，給老虎插上翅膀啊。希望陛下稍加留意。

【研析】見微而知著，對政治事件有著十分敏銳的洞察力和預見性，是年輕的西漢政論家賈誼的思想特點。劉長，是漢高祖劉邦的第六個兒子，立為淮南王，因早年失母，依附呂后，文帝時驕奢不奉法令，力能扛鼎，曾以宿怨椎殺辟陽侯審食其，文帝赦免了他的罪行而不追究，但他不思悔改，反而圖謀造反，文帝又不處以死罪，只將他徙置蜀郡了事，但他卻在路上絕食而死，留下四個兒子。這時，仁慈的文帝又想封其四子為列侯，賈誼馬上想到，下一步文帝又要進封這四子為王了。雖然四子分封的是原淮南王劉長的領地，但賈誼仍認為此事很不妥當，因此上了這篇奏疏，表示反對。

這篇奏疏的主要特色是引用歷史上的故事來幫助說明問題。文帝要封淮南王諸子，那是因為聽到了一些閒話，說文帝容不下兄弟云云，文帝為了消除閒話，因此決定分封兄弟之諸子，認為兄弟之子總不至於造反。針對文帝的仁慈想法，賈誼列舉了歷史上楚平王之孫白公勝出奔返國報仇和吳國公子光為爭位派專諸刺殺王僚等事，說明了封建社會統治階級內部為了爭權奪利骨肉相殘的例子是很多的，應該引以為鑒，不能掉以輕心。但賈誼的正確意見，文帝聽不進去，仍封劉長四子為侯，以後果然又進封他們為王，再以後，果然造反，當然，新的淮南王劉安是因謀反被誅殺了。雖然，這一切因賈誼在三十三歲那年已去世而不及見了。（詳見書後附錄〈賈誼年表〉）

論定制度興禮樂疏

【題解】本文錄自《漢書・禮樂志》。漢文帝元年（西元前一七九年），賈誼因原河南守吳公（時已為文帝徵召改任廷尉）之薦到長安任博士，一年之中，升至太中大夫。賈誼此疏作於文帝元年。他在疏中批評了當時禮義廢壞的現象，向文帝建議要定制度、興禮樂，認為只有這樣，才能使諸侯遵道，百姓素樸，獄訟衰息，天下安定。

漢承❶秦之敗俗❷，廢禮義❸，捐❹廉恥❺，今其甚者殺父兄，盜者取廟器❻，而大臣特以簿書不報期會為故❼，至於風俗❽流溢❾，恬❿而不怪，以為是適然⓫耳。夫移風易俗⓬，使天下回心而鄉道⓭，類非俗吏⓮之所能為也。夫立君臣⓯，等上下⓰，使綱紀⓱有序⓲，六親⓳和睦⓴，此非天之所為，人之所設也。人之所設，不為不立，不修則壞。漢興至今二十餘年，宜定制度㉑，興禮樂㉒，然後諸侯軌道㉓，百姓素樸㉔，獄訟㉕衰息㉖。

【注　釋】❶承　接續；繼承。❷俗　習俗；風氣。❸禮義　禮法道義。❹捐　捨棄。❺廉恥　廉潔與知恥。❻廟器　宗廟的祭器。廟，舊時供祀祖宗的屋舍。❼而大臣特以簿書句　公卿只以文案簿書報答、限期執行政令為事。特，但。簿，文簿。不，助詞。期會，在限期內推行政令。故，大事。❽風俗　一地方長期形成的風尚、習慣。❾流溢　放佚。❿恬　安然；淡然。謂心以為安。⓫適然　當然。謂事理當然。適，當。⓬移風易俗　改變風氣與習俗。⓭回心而鄉道　改變心意，按照規律、事理辦事。鄉，通「嚮」。道，規律；事理。⓮俗吏　才能平庸的官吏。俗，平庸。⓯立君臣　建立君與臣之間的關係。⓰等上下　使上下尊卑的等級關係明確。⓱綱紀　法度；法紀。⓲序　次序；秩序。⓳六親　歷來說法不一，賈誼《新書・六術》認為六親是指父子、兄弟、從父兄弟、從祖兄弟、從曾祖兄弟、同族兄弟。⓴和睦　調和好相處。㉑定制度　確定制度。制度，法令禮俗的總稱。賈誼的「定制度」的內容，據《史記・屈原賈生列傳》載，即「改正朔，易服色，法制度，定官名，興禮樂，……色尚黃，數用五，為官名，悉更秦之法」。胡三省注《資治通鑑》，釋「改正朔、易服色、定官名、興禮樂」曰：「正朔，謂夏建寅為人正，商建丑為地正，周建子為天正。秦之建亥，非三統也，而漢因之，此當改也。周以火德火，色尚赤。漢繼周者也，以土繼火，色宜尚黃，此當易也。唐、虞官百，夏、商官倍，周官則備矣，六卿各率其屬，凡三百六十。秦立百官之職名，漢因循而不革，此當定也。高祖之時，叔孫通採秦儀以制朝廷之禮，因秦樂人以作宗廟之樂，此當興也。」㉒禮樂　禮與樂的合稱。禮，規定社會行為的法則、規範、儀式的總稱。樂，音樂。古人以作樂崇德。㉓軌道　遵道。㉔素樸　質樸無華。素，生絲。樸，原始木材。㉕獄訟　訟事、案件。㉖衰息　衰而止息。

【語　譯】漢朝建立以來，繼承了秦朝敗壞的習俗和風氣，廢除了禮法道義，捨棄了廉潔與知恥，現在其中最不像話的是親手殺死自己的父親、兄長，盜竊犯竟敢偷盜宗廟的祭器，而公卿大臣們卻只以文案簿書的報答和限期執行政令作為自己的工作，至於對地方上風尚習慣的放佚，卻淡然而不以為怪，認為這是當然的事。不過改變風氣與習俗，讓天下的人都改變心意而按照規律事理辦事，這些本來就不是那些才能平庸的官吏所能做到的啊。而建立人君與臣子的關係，讓上下尊卑的等級關係明確，使法度法紀有一定的秩序，兄弟親戚們和好相處，這些卻不能靠老天的直接安排，而是要靠人們自己建立各種制度來處理的。這種制度，假如人們不去建立就會沒有，不加修訂就會敗壞。漢朝建立到現在已有二十多年，應該建立制度，興舉禮樂，這樣以後諸侯就會遵道，按照規矩辦事，百姓質樸無華，訟事案件也會慢慢地少下來以至完全沒有。

【研　析】制禮作樂，規定一整套符合封建社會規範的制度，使封建社會的國家機器更趨完整，統治秩序更為鞏固，這是具有濃厚儒家思想的賈誼所刻意追求的目標之一，在今天我們所能看到的另一部子書——《新書》之中，就保存了賈誼有關這一方面的許多論述，可以結合起來參看，《賈長沙集》中所收的這一篇短短的奏疏，只不過是賈誼這一方面思想的一個體現而已。

漢代秦而立。秦始皇推行法治。漢高祖劉邦擊敗項羽，統一天下之後，由於既要抵抗匈奴的入侵，又要平定異姓諸侯王的叛亂，仍是連年東征西討，無暇顧及此事。之後是呂后專權，她所考慮的是如何啟用呂姓之人來取得統治天下的大權。因此，周公、孔子制定的那整套禮法制度，一直得不到貫徹落實。現在，文帝繼位，賈誼又得到啟用，因此，賈誼把天下動亂的原因歸結為沒有建立禮法制度。因此，他提出來要「移風易俗」，要天下的人都回歸到講究封建等級制度的軌道上來，他又提出要「立君臣，等上下，使綱紀有序，六親和睦」，並且認為只有這樣，才可以使天下安定，「諸侯軌道，百姓素樸，獄訟衰息」。但是我們也要注意到，賈誼要維持的是封建社會的統治秩序，結合〈論時政疏〉中賈誼對大臣犯罪處理方法的建議，是孔夫子「禮不下庶人，刑不上大夫」（《禮記‧曲禮》）的那一套，所以他所提倡的禮治與法治都是有前提的，這是時代局限性在賈誼身上的體現與反應。

論

過秦論上

【題解】〈過秦論〉舊分上、中、下三篇。《史記·秦始皇本紀》太史公論後，引錄下篇（後面接著又錄上篇、中篇，當是後人補入）。〈陳涉世家〉後又錄載上篇。賈誼《新書》則將中、下兩篇合為下篇，無中篇之名。現仍按舊分上、中、下三篇錄載。

〈過秦論〉詳盡地分析了秦所以能削平六國及其所以滅亡的原因，提出了取天下與守天下應有不同的政策。作者寫這篇文章的目的，是想使漢文帝吸取秦朝滅亡的教訓，能夠安定西漢王朝，免蹈秦亡的覆轍，為其改革政治提供借鑒。因為在當時，社會經濟開始有所發展，但是，其中央政權並不十分穩固：同姓諸侯割據勢力的形成，社會矛盾隨著土地的大量集中日趨尖銳，北方匈奴不斷侵擾，這些都時時威脅著西漢王朝的生存。「過秦」，就是批評秦王朝的過失。在上篇，敘述了秦王朝發展、強盛直至滅亡的歷史全過程，認為秦王朝之所以滅亡的原因是統治者沒有認識到攻奪天下和保守天下所面臨形勢的不同，在取得天下之後沒有施行仁政。

秦孝公❶據殽函❷之固❸，擁❹雍州❺之地，君臣固守，而窺周室❻；有席卷天下❼、包舉宇內❽、囊括❾四海❿之意⓫，并吞八荒⓬之心。當是時，商君⓭佐⓮之，內立法度，務⓯耕織，修守戰之備，外連衡⓰而鬥諸侯⓱。於是秦人拱手⓲而取西河之外⓳。

【章　旨】本章重點敘述秦孝公用商鞅變法，使秦富國強兵的經過。

【注　釋】❶秦孝公　秦國國君。姓嬴，名渠梁，西元前三六一～前三三八年在位。❷殽函　即秦函谷關。在今河南靈寶西南。殽，通「崤」。即崤山，一稱嶔崟山，在河南省西部，是秦嶺東段支脈，東北——西南走向。分東西兩崤，延伸黃河、洛河間。關在西崤山谷中，深險如函，故名曰崤函。秦國據有崤函，大概在秦孝公十四年到二十三年之間，已是孝公晚年的事了。❸固　四塞之險叫固。❹擁　據有。❺雍州　古人把中國分為九州，雍州為九州之一。其地大致包括今陝西省主要部分，及甘肅全省和青海省部分地區。雍州四面有河山之險，為形勢扼要的四塞之地。❻窺周室　伺機取代周王朝。窺，偷視。這裡是瞅準機會的意思。周室，指周朝。❼席卷天下　如同捲席子那樣全部奪取天下。❽宇內　即天下。上下四方叫宇。❾囊括　像裝口袋那樣包括進來。囊，大口袋。❿四海　指天下。⓫意　志向。⓬八荒　八極；八方。古人稱四方最邊遠的地方為四荒；四正方之外再加四隅方，合稱八荒。古人認為八荒之內有四海，四海之內有九州。八荒、四海，都是泛指天下。⓭商君　即商鞅。本衛之庶公子，一稱衛鞅。西入秦，佐秦孝公變法，使秦富強。後來秦孝公以商於之地（今陝西商縣）封鞅，號商君。⓮佐　輔佐。⓯務　專心致力。⓰連衡　即「連橫」。東西為橫，南北為縱。當時各國間有兩種政治鬥爭的策略：處於西方的秦與東方齊、楚等國個別聯合以打擊其他國家，叫作連橫；東方各國北自燕，南至楚聯合起來以抗秦，叫作合縱。⓱鬥諸侯　使諸侯相鬥。⓲拱手　兩手相合。不費力氣之意。⓳西河之外　指當時魏國在黃河以西的大片土地。大約在今陝西大荔、宜川一帶。

【語　譯】秦孝公憑藉殽山函谷關的險要地勢，占據著雍州的土地，君臣牢牢地把守，以窺伺周王朝的政權；大有席捲天下、包舉宇內、囊括四海的雄心，併吞八荒的壯志。在這時候，商鞅輔佐秦孝公，對內建立法律制度，致力於發展農業生產，修造攻守的器械，對外實行「連衡」的策略，使諸侯互相爭鬥。於是秦國人就輕而易舉地取得了魏國在黃河以西的土地。

孝公既沒❶，惠文❷、武❸、昭❹蒙❺故業❻，因❼遺冊❽，南兼漢中❾，西舉巴蜀❿，東據膏腴之地⓫，收要害之郡⓬。諸侯恐懼，會盟而謀弱秦⓭，不愛⓮珍器重寶肥美之地，以致⓯天下之士，合從締交⓰，相與為一⓱。當是時，齊有孟嘗，趙有平原，楚有春申，魏有信陵⓲。此四君者，皆明知⓳而忠信，寬厚而愛人，尊賢重士，約從離衡⓴，兼韓、魏、燕、楚、齊、趙、宋、衛、中山㉑之眾。於是六國之士，有寧越、徐尚、蘇秦、杜赫之屬為之謀，齊明、周最、陳軫、昭滑、樓緩、翟景、蘇厲、樂毅之徒通其意，吳起、孫臏、帶佗、兒良、王廖、田忌、廉頗、趙奢之朋制其兵㉒。常以十倍之地、百萬之眾，叩關而攻秦，秦人開關延敵，九國之士逡巡遁逃而不敢進㉓。秦無亡矢遺鏃㉔之費，而天下諸侯已困㉕矣。於是從散約解，爭割地而奉秦。秦有餘力而制其敝㉖，追亡逐北㉗，伏尸百萬，流血漂鹵㉘。因利乘便，宰割天下，分裂河山。彊國請服，弱國入朝㉙。

【章　旨】本章寫惠文王、武王、昭王繼承了秦孝公的遺業，繼續採取了一系列政策，使秦國富強。儘管各諸侯國集中了大批人才和優勢兵力，都無法戰勝秦國。

【注　釋】❶沒　通「歿」。死。❷惠文　秦惠文王。名駟，秦孝公之子。即位後，因宗室多怨商鞅，乃處以車裂之刑。楚、韓、趙、蜀國來朝，周君來賀。以張儀為相，使司馬錯率兵伐取蜀；又取楚漢中地六百里，始稱王。在位二十七年卒，諡惠文。❸武　秦武王。名蕩，秦惠文王之子。以樗里疾、甘茂為左右丞相，窺周室，使甘茂率兵伐取宜陽，遂通三川。在位四年，諡武。❹昭　秦昭王。即秦昭襄王。名稷，秦武王異母弟。初由其母宣太后當權，外戚魏冉為相，任用白起為將，先後戰勝三晉、齊、楚等國，取得魏的河東和南陽，楚的黔中和楚都郢。後改用范睢為相，又在長平大勝趙軍，奠定秦統一中國之基礎。在位五十六年卒，諡昭襄。❺蒙　承接。❻故業　指祖上傳下的基業、家業。❼因　沿襲；繼承。❽遺冊　遺留下來的簡策。此指秦孝公規定的記在簡策上的政策、計畫。冊，同「策」。❾漢中　今陝西省南部一帶。❿巴蜀　皆古國名。巴，在今四川省東部。蜀，在今四川省西部。⓫東據膏腴之地　指武王四年向東攻取韓國的宜陽，迫近東周王室所在地一事。據，占據。膏腴之地，肥沃的土地。⓬收要害之郡　收取在政治、經濟、軍事上都十分重要的城市和地區。昭襄王二十年，魏國獻給秦國河東故都安邑，韓國、趙國也割地求和，所獻之地都十分重要，所以說收要害之郡。⓭謀弱秦　設法削弱秦國。⓮不愛　不吝惜。⓯以致　以此招納。⓰合從締交　指六國締約聯合，共謀攻秦。從，同「縱」。⓱相與為一　相互援助，成為一體。⓲當是時五句　這時將不同時代的四公子併同列舉，以綜括前後八十年間東方人才薈萃的形勢。孟嘗君田文、平原君趙勝、春申君黃歇、信陵君魏無忌，皆以招致賓客著稱。⓳明知　即明智。知，通「智」。⓴約從離衡　相互結盟合縱，分離連橫的勢力。㉑宋衛中山　春秋戰國以來夾在韓、趙、魏、齊、楚、秦幾個大國之間的小國。宋在河南商丘一帶；衛在河南、河北之間；中山在河北省中部偏西地區。㉒於是六國之士四句　以上所列舉的這些謀劃、外交、軍事上的著名人才，有的到今天已不知他們的事跡，如寧越、徐尚、翟景、帶佗、兒良、王廖等。之屬、之徒、之朋意同，即這一些人。制，掌握的意思。㉓常以十倍之地四句　此四句所論之事，當係秦惠文王二十年（西元前三一八年）五國攻秦事。《通鑑》載此事云：「楚、趙、魏、韓、燕同伐秦，攻函谷關。秦人出兵迎之，五國之師皆敗走。」亦即《史記・楚世家》所載「懷王十一年，蘇秦約從，山東六國兵攻秦，楚懷王為縱長。至函谷關，秦出兵擊六國，六國兵皆引而歸」之事。常，通「嘗」。曾經。叩，攻；擊。關，函谷關。延，引進來。逡巡，背行而後退的樣子。遁逃，猶逃走。㉔亡矢遺鏃　喪失弓箭。鏃，箭頭。㉕困　困乏無力。㉖制其敝　控制並利用他們的弱點。㉗追亡逐北　追逐敗走的逃亡者。北，指敗逃者。㉘流血漂鹵　流血之多把大的盾牌都漂浮起來了。鹵，大的盾牌。據《國策・中山策》載，秦與韓、魏戰於伊闕（今河南洛陽南），「大破二國之軍，流血漂鹵。斬首二十四萬。韓、魏至今稱東藩」。此西元前二九三年（秦昭襄王十四年、楚頃襄王六年）事。伏屍百萬，是誇張之詞。㉙彊國請服二句　西元前三〇二年後，魏、韓皆曾朝秦，自比於藩臣之列。東周君亦朝秦。至西元前二五四年（秦昭襄王五十二年）後，西周君盡獻其地，各國皆服於秦。魏且委國聽令。彊，通「強」。

【語譯】秦孝公死後，惠文王、武王、昭襄王繼承了前王的事業，沿襲先人留下的政策，向南攻取了漢中，向西奪取了巴蜀，向東割取了肥沃的土地，攻占了衝要的州郡。各國諸侯因此而驚惶恐懼，他們集會結盟，設法削弱秦國，不惜用珍寶和富饒的土地，來招納天下的人才，採用合縱的策略締結盟約，互相配合行動，結成一個整體。在這時候，齊國有孟嘗君，趙國有平原君，楚國有春申君，魏國有信陵君。這四位公子，都明智而忠誠，寬厚而愛護百姓，尊敬賢者，重用士人，他們相約聯合抗秦，瓦解秦的連橫策略，會集了韓、魏、燕、楚、齊、趙、宋、衛、中山等九國的軍隊。當時六國的才智之士，有寧越、徐尚、蘇秦、杜赫等一班人替他們出謀劃策，有齊明、周最、陳軫、昭滑、樓緩、翟景、蘇厲、樂毅這一幫人為他們辦理外交聯絡，有吳起、孫臏、帶佗、兒良、王廖、田忌、廉頗、趙奢這一批人統率他們的軍隊。諸侯們曾以十倍於秦國的土地，上百萬的軍隊，攻打函谷關而進擊秦國，秦國人開關迎擊敵人，九國的軍隊四處逃跑，不敢進攻。秦國沒有耗費一枝箭幹、一個箭頭，而天下的諸侯已經陷入困境。於是合縱拆散了，盟約瓦解了，諸侯爭著割讓土地賄賂秦國。而秦國有充裕的力量利用諸侯的弱點，追逐敗逃的敵人，戰場上橫屍百萬，流的血能漂起盾牌來。秦國趁著有利的形勢，宰割諸侯的國土，瓜分諸侯的山河。因而強國請求臣服，弱國入秦朝拜。

延及孝文王、莊襄王，享國日淺，國家無事❶。及至秦王❷，續❸六世❹之餘烈❺，振長策而御宇內❻，吞二周❼而亡諸侯❽，履❾至尊❿而制⓫六合⓬，執棰拊⓭以鞭笞⓮天下，威震四海。南取百越⓯之地，以為桂林⓰、象郡⓱。百越之君，俛首係頸⓲，委身下吏⓳。乃使蒙恬⓴北築長城，而守藩籬㉑，卻㉒匈奴㉓七百餘里。胡人㉔不敢南下而牧馬㉕，士㉖不敢彎弓㉗而報怨㉘。

【章　旨】本章著重寫秦王嬴政發揚六世傳下來的功業，消滅了各國諸侯，登上了皇帝寶座，並制服四夷，實現了空前的大一統局面。

【注　釋】❶延及孝文王莊襄王三句　此三句的意思為，秦昭襄王在位五十六年之間，帝業已基本建立，所遺留的尚有兩種任務：一是掃尾工作；一是建立新帝國的規劃。而孝文王與莊襄王在位期間無重大發展，故云「無事」。延及，延續到。孝文王，昭襄王之子。名柱，在位僅數日（西元前二五〇年）。莊襄王，孝文王之子。名子楚，在位三年（西元前二四九～前二四七年）。享國日淺，指在位執政日子不多。❷秦王　即秦始皇。秦莊襄王之子，名政，統一中國的宏業至他才實現。因當時六國未滅，故仍稱秦王。❸續　繼承。❹六世　指秦孝公、惠文王、武王、昭襄王、孝文王、莊襄王。❺餘烈　遺留下來的功業。❻振長策而御宇內　此句以牧馬來比喻秦對天下的控制。長策，長鞭。御，駕馭。❼吞二周　吞併東周、西周。東周王朝在最後的周赧王時，東西周分治。西周都於舊東都王城，東周則都鞏，史稱西周君、東周君，故云二周。西周滅於昭襄王五十一年，東周滅於莊襄王元年。❽亡諸侯　指六國皆亡。事在始皇二十六年（西元前二二一年）。❾履　臨；至。❿至尊　指皇帝。以其地位最高，故曰至尊。⓫制　控制。⓬六合　天地四方。即指天下。⓭棰拊　杖與大棰。棰，同「箠」。杖刑。此處作名詞用，即杖。拊，即「棓」。大棒。⓮鞭笞　皮鞭、竹板。這裡用作動詞，是鞭打的意思。引申指統治。⓯百越　也稱百粵。古越族種類繁多，故稱百越。散居於今浙江、福建、廣東、廣西等地。春秋時越國及楚國皆開百越地，至秦更向南發展。⓰桂林　桂林郡。在今廣西北部及東部地區。⓱象郡　在今廣西南部及以南以西地區。⓲俛首係頸　古代向人表示降服的時候，自以組帶繫頸。⓳委身下吏　聽從下級官吏的支配。⓴蒙恬　（西元前？～前二一〇年）秦始皇時，官內史。秦統一六國，使蒙恬率兵三十萬，北築長城，起自臨洮至遼東。始皇死，趙高陰謀廢太子扶蘇，立二世，以蒙氏世為秦大臣，恬又掌兵權，矯旨賜恬死。㉑藩籬　籬笆。這裡引申為邊疆。㉒卻　使退卻。㉓匈奴　古代我國北方民族之一。也稱胡。先後叫鬼方、混夷、獫狁、山戎。秦時稱匈奴。散居在大漠南北，過游牧生活，善騎射。《左傳》、《史記》、《漢書》對匈奴族的歷史均有詳細記載。㉔胡人　我國古代對北方邊地及西域各民族的稱呼。㉕牧馬　牧放馬匹。㉖士　指胡人的軍士。㉗彎弓　把弓張開。㉘報怨　指報復驅逐他們的怨恨。

【語　譯】延續到孝文王、莊襄王時，他們在位時間短，國家沒有發生什麼大事。到了秦始皇，他發揚六世傳下來的功業，控制天下，真像揮舞長長的鞭子趕馬匹似的，併吞了東周、西周，消滅了各個諸侯國，登上皇帝的尊位，統治全國，以嚴刑峻法來奴役人民，威震四海。向南奪取了百越的土地，設立了桂林郡和象郡。百越的國君都低著頭並把繩索套在脖子上表示歸附，把自己的性命交給秦朝的下級官吏來支配。秦始皇派遣蒙恬到北方修築長城，以保衛邊疆，使匈奴退卻了七百餘里路。那北邊的外族人不敢再到南邊地方來放馬吃草，他們的士兵也不敢彎弓來報仇。

於是廢❶先王之道，焚百家之言❷，以愚黔首❸。墮❹名城，殺豪俊，收天下之兵聚之咸陽，銷鋒鑄鐻，以為金人十二，以弱黔首之民❺。然後斬華為城❻，因河為津❼，據億丈之城，臨不測之谿以為固❽。良將勁弩❾，守要害之處；信臣精卒❿，陳利兵而誰何⓫！天下已定，秦王之心，自以為關中⓬之固，金城⓭千里，子孫帝王萬世之業⓮。

【章旨】本章繼續論述秦始皇在統一全國之後所採取的一系列鞏固政權的措施。

【注釋】❶廢　拋棄。❷百家之言　指先秦諸子百家的著作。❸黔首　黎民；民眾。秦朝稱老百姓為黔首。黔，黑色。❹墮　毀壞。❺收天下之兵聚之咸陽四句　收集天下的兵器，聚集在咸陽，熔化了刀劍，鑄成鐘架和十二個金屬人像，以削弱天下人民的反抗力量。兵，兵器。咸陽，秦都城。在今陝西咸陽東。銷，銷毀。鋒，指刀劍。鐻，鐘鼓的架子。❻斬華為城　憑藉華山作為城垣。斬，一作「踐」。據守；憑藉。❼因河為津　是說以黃河作為帝都的護城河。津，渡口。❽據億丈之城二句　這二句承上而來，意思是：既然以華山為城，以黃河為護城河，就如同高據億丈的大城，面對深不可測的溪池作為可守之險。谿，溪；池。❾勁弩　強勁有力的大弓。弩本指帶機關的大弓。❿信臣精卒　忠誠可靠的臣子，精銳的士兵。信，忠誠可託之意。⓫誰何　古詞彙成語。關塞上哨兵詰問出入者之意。何，是呵問。⓬關中　秦以函谷關為門戶，關中指秦雍州地。⓭金城　指都城像鋼鐵般堅固。從前秦以函谷關為東部要塞，今則以函谷為都城東門。⓮萬世之業　始皇的命令中曾說：「朕為始皇帝，後世以計數，二世，三世，至於萬世，傳之無窮。」

【語譯】在這個時候廢除了先王的治國之道，燒毀了諸子百家的書籍，以便使老百姓愚昧無知。他毀壞名城，殺戮六國的傑出人物，收集天下的兵器，聚集在咸陽，熔化了刀劍，鑄成鐘架和十二個金屬人像，以削弱天下人民的反抗力量。然後，憑藉華山為城垣，就著黃河作為護城河，據守萬丈高的華山，下臨深不可測的河谷，以此作為防守的工事。派優秀的將領，用強勁的弓弩，守衛著衝要之地；用忠實的臣子、精銳的部隊，炫耀著鋒利的武器，盤查呵問來往行人！當時，天下已經安定，照秦始皇的想法，自以為關中的險要地勢，如同千里的銅牆鐵壁，是子子孫孫稱帝稱王的萬世基業啊。

秦王既沒❶，餘威❷振於殊俗❸。然而陳涉❹，甕牖繩樞❺之子，甿隸❻之人，而遷徙之徒❼，才能不及中人❽，非有仲尼❾、墨翟❿之賢，陶朱⓫、猗頓⓬之富；躡⓭足行伍⓮之間，而倔起⓯什佰⓰之中，率罷散⓱之卒，將數百之眾，而轉⓲攻秦。斬木為兵⓳，揭竿⓴為旗，天下雲集響應㉑，贏糧㉒而景從㉓，山東㉔豪俊㉕遂並起而亡秦族㉖矣。

【章旨】本章敘述秦始皇死後，陳涉揭竿而起，諸侯紛起響應，使秦王朝迅速覆亡。

【注釋】❶沒 通「歿」。死。❷餘威 遺留下的威勢。❸殊俗 指邊遠地區風俗不同的部族。殊，異。❹陳

涉　即陳勝。秦末起義軍領袖。秦二世元年（西元前二〇九年），陳勝、吳廣在奉命開往駐戍地的途中，遇雨誤期，按秦法當斬，他們就於大澤鄉（在今安徽宿縣東南）率領同戍士卒九百人，揭竿起義。❺甕牖繩樞　用破甕砌為窗戶，用繩子繫著門板。此極言陳涉的窮苦。甕，古代盛水、酒的陶器。口小肚大。牖，窗。樞，是門扇開關的樞軸。❻甿隸　係指傭農。甿，同「氓」。指種田之民。隸，賤者之稱。❼遷徙之徒　謫罰到邊地作戍守的士卒。《史記・陳涉世家》載「二世元年七月，發閭左適（謫）戍漁陽」。陳涉即是這次徵發的士卒。❽不及中人　不如平常的人。❾仲尼　即孔子（西元前五五一～前四七九年）。春秋時期思想家、政治家與教育家，是儒家學派創始人。❿墨翟　即墨子（約西元前四六八～前三七六年）。墨家學派的創始人。⓫陶朱　春秋時越國的政治家范蠡。助越王句踐滅吳後，離越到陶，自稱陶朱公。由於善於經商，成為富商。後人以陶朱為富人之代稱。⓬猗頓　春秋時魯國人。他向陶朱公學致富之術，經營畜牧致富。一說以鹽業起家。⓭躡　踐履。⓮行伍　行和伍。皆軍隊下層組織名稱。⓯倔起　倡首起義。⓰什佰　十夫長，百夫長。秦制，最低級的軍官。此謂陳涉僅為戍卒之長。《漢書・陳勝傳》：「勝、廣皆為屯長。行至蘄大澤鄉，……勝自立為將軍，攻大澤鄉，拔之。」一本作「阡陌」。⓱罷散　疲困散亂。罷，通「疲」。⓲轉　展轉。為隨地收兵、展轉推進之意。⓳斬木為兵　斬削樹木作為兵器。⓴揭竿　高舉竹竿。㉑雲集響應　像雲一樣聚集，像聲響那樣應和。㉒贏糧　擔負著糧食。㉓景從　即影從。如影子跟隨形體。景，同「影」。㉔山東　殽山、函谷關以東。㉕豪俊　指函谷關以東諸國豪傑與義軍首領。㉖亡秦族　使秦朝滅亡。

【語　譯】秦始皇死後，他的餘威在風俗不同的邊遠地區仍有威懾力量。可是，陳涉只是個貧苦人家的子弟，他家裡窮得用破甕當窗戶，用繩子拴門軸，給人家當傭工，而且是個被徵召去戍邊的人，他的才能比不上一般人，他也沒有孔子、墨子那樣的賢才，陶朱公、猗頓那樣的富有；他出身於行伍之中，以下級軍官的身分，帶領著疲困的士卒，統率著幾百個人，掉轉矛頭向秦王朝進攻。砍伐樹木作武器，舉起竹竿作旗幟，天下的人就像濃雲似地聚攏在一起，如同回聲一樣地應和著，自帶著口糧，如影隨形一樣地跟著他，於是函谷關以東的英雄豪傑便一起行動起來把秦朝推翻了。

且夫❶天下非小弱❷也。雍州之地，殽函之固，自若❸也。陳涉之位，非尊於齊、楚、燕、趙、宋、衛、中山之君❹；鉏❺櫌❻棘矜❼，非銛❽於句❾戟❿長鎩⓫也；適戍⓬之眾，非抗⓭於九國之師；深謀遠慮、行軍用兵之道，非及鄉時之士⓮也。然而成敗異變⓯，功業相反也。試使山東之國與陳涉度長絜大⓰，比權量力，則不可同年而語矣。然秦以區區⓱之地，千乘⓲之權⓳，招⓴八州㉑而朝同列㉒，百有餘年矣。然後以六合為家㉓，殽函為宮㉔。一夫作難而七廟墮㉕，身死人手㉖，為天下笑者，何也？仁義不施㉗，而攻守之勢異㉘也。

【章　旨】本章把九國之師與陳涉起義部隊進行對比，總結秦王朝覆滅的經驗教訓。

【注　釋】❶且夫　發語詞。猶「且說那個」。❷非小弱　既沒有縮小也沒有減弱。❸自若　仍然和從前一樣。❹陳涉之位二句　意為陳涉的地位，不比原來九國君主尊貴。❺鉏　即「鋤」字。❻櫌　打土塊的農具。❼棘矜　是用棘木做成的木杖。猶今之棗木棒之類。古代也叫杖作「矜」。❽錟　一作「銛」。鋒利。❾句　同「鉤」。❿戟　一名「鉤釬」。刃端有小枝似鉤形。⓫鎩　是長矛類兵器。⓬適戍　即被謫徵發戍守邊地之兵。適，同「謫」。⓭抗　同「亢」。高出之意。⓮鄉時之士　指前面提到的六國謀士將領如寧越、吳起諸人。鄉，同「嚮」。嚮時，往昔；從前。⓯成敗異變　成功與失敗發生不同的變化。⓰度長絜大　量量長短，比比大小。度，度量。絜，衡量。⓱區區　小的樣子。雍州較之天下，則為區區。⓲千乘　古稱可出千輛兵車的國家叫「千乘之國」。⓳權　勢力。⓴招　招令。㉑八州　雍州以外的八州。古分中國內部轄區為九州。《爾雅．釋地》：「兩河間曰冀州。河南曰豫州。河西曰雍州。漢南曰荊州。江南曰楊州。濟、河間曰兗州。濟東曰徐州。燕曰幽州。齊曰營州。」㉒朝同列　東方諸侯本來和秦同列，後皆入朝於秦，稱藩臣。㉓六合為家　把天地四方之內都作為秦帝國的私有財產。㉔殽函為宮　指秦擴大帝都到殽山函谷關和黃河，則殽山函谷關以西，可以看作他的宮室。㉕七廟墮　國家滅亡，宗廟必毀，所以往往以宗廟毀壞代國家滅亡。七廟，天子的宗廟。《禮記．王制》：「天子七廟，三昭三穆，與太祖之廟而七。」墮，毀壞。㉖身死人手　指秦王子嬰被項羽所殺。㉗仁義不施　不施行仁義。㉘攻守之勢異　攻取天下與保持天下面臨的形勢是不同的。意思是應有不同的政策。攻，攻取天下。守，保持統治。

【語　譯】且說當時秦朝的天下既沒有縮小也沒有減弱。雍州的地勢，殽山、函谷關的險固，還是那個樣子。而且陳涉的地位，並不比齊、楚、燕、趙、韓、魏、宋、衛、中山的國君高貴；鋤耙棘木棍，並不比鉤戟長矛鋒利；被謫徵發戍邊的人們，並不比九國的軍隊強大；深謀遠慮、指揮作戰的本領，也不及先前的那些謀士和將軍。可是成敗卻大不相同，功業也完全相反。如果以六國的力量與陳涉比長量大，比權量力，那就不可同日而語了。然而秦國憑藉它原來區區之地，竟能成為一個千乘大國，招其他八州的諸侯來朝拜，經營了一百多年，然後把天地四方作了秦帝國的私有財產，把殽山、函谷關作了宮殿。可是一個人發難，秦帝國的宗廟就被毀掉，皇帝自己也死在別人手中，受到天下人的譏笑，這是什麼原因呢？就是因為仁義得不到施行，而攻奪天下和保守天下所面臨的形勢是不同的啊。

【研 析】〈過秦論〉是一篇將政論性和文學性熔為一爐的優秀論文，它充分地顯示了賈誼作為一名優秀政論家的卓越思想水平和作為一名優秀文學家的高超寫作水平，膾炙人口，百讀不厭，廣泛流傳，歷久不衰，具有很強的生命力和極大的影響。

〈過秦論上〉以秦王朝從勃起到統一中國再到滅亡的過程為線索，批評了秦始皇在完成了統一大業之後沒有採取正確的治國之策的錯誤。

〈過秦論上〉又可分為前後兩個部分。在前半部分，作者敘述了秦孝公以來六代艱苦創業、開拓疆土的過程，從孝公的「據殽函之固，擁雍州之地，君臣固守，而窺周室」，到惠文、武、昭、孝文、莊襄諸君的繼續努力，再到始皇的「續六世之餘烈，振長策而御宇內」，終於實現了「席卷天下、包舉宇內、囊括四海」、「并吞八荒」的預期目標，何其壯也！

在秦國諸君統一全國的過程中，由於採取了一系列正確的政策，因此，儘管山東六國有廣闊的土地，雄厚的財力物力，眾多的謀略家、軍事家，可是最終都阻擋不住秦國統一全國的步伐，他們的每一次聯合進攻也都落了個「從散約解，爭割地以奉秦」的結果，而最終是全被秦滅亡了。

文章通過雙方力量的對比，使我們感覺到秦國在正確方針指引下那所向無敵的巨大力量。

可是，在文章的後半部分中，作者筆鋒一轉，批評秦始皇在統一全國之後，卻採取了一系列錯誤的政策，「廢先王之道，焚百家之言，以愚黔首。隳名城，殺豪俊。收天下之兵聚之咸陽，銷鋒鑄鐻，以為金人十二，以弱黔首之民。」秦始皇又以為，只要有了精兵良將，守住要害天險，就可以成就「子孫帝王萬世之業」。殊不料，始皇死後，戍卒陳涉「斬木為兵，揭竿為旗」，發動了起義，結果是「天下雲集響應，贏糧而景從，山東豪俊遂並起而亡秦族矣。」陳涉是什麼人？作者指出，他只是一個「甕牖繩樞之子，甿隸之人」，「才能不及中人，非有仲尼、墨翟之賢，陶朱、猗頓之富；躡足行伍之間，而倔起什佰之中」，就是這樣一個人，根本無法與文章前半部分中提到的那些人才相提並論，「率罷散之卒，將數百之眾，而轉攻秦」，結果就引發了秦末農民戰爭，秦王朝土崩瓦解，迅速滅亡了。

文章的最後一段，是進行力量的對比分析，以陳涉與原山東九國之君對比，以「鉏櫌棘矜」與「句戟長鎩」對比，以「適戍之眾」與「九國之師」對比，通過分析，在認為前者皆不及後者的基礎上，再提出一個問題，為什麼「成敗異變」、「一夫作難而七廟隳，身死人手，為天下笑者，何也？」結論是四個字：「仁義不施」，這就是秦王朝迅速滅亡的根本原因所在。

本文的中心思想是指出秦王朝的致命錯誤——「仁義不施」，因此縱有精兵強將，金城千里，終不免自取滅亡。在文中，作者表述這一觀點，不是憑藉一般的抽象推理，而是採用了鋪陳排比、渲染對照等藝術手段，通過對秦王朝興亡進程的具體陳說，自然得出結論的。比如「當是時，齊有孟嘗，趙有平原，楚有春申，魏有信陵。」「六國之士，有寧越……之屬為之謀，齊明……之徒通其意，吳起……之朋制其兵」等排比句的運用，使句法顯得整齊；再如九國之師聯合攻秦一事，現在已很難在史料中找到確切的依據，可能是賈誼以若干諸侯合縱攻秦的史實為基礎，其目的在於誇大、渲染秦國的強大，使這種攻守、強弱的對比更加強烈。

過秦論中

【題解】在本篇中作者首先肯定了秦始皇統一中國的歷史功績，並認為全國統一後是「守威定功」的大好機會，然而秦始皇卻廢王道而行暴政，先詐力而後仁義；秦二世更是昏庸胡為，非但未能改正錯誤，反而變本加厲，越走越遠，終於身死人亡。在文中，賈誼為秦二世設計了一些「正傾」的政治措施，如「裂地分民，以封功臣之後，建國立君，以禮天下」、「輕賦少事」、「約法省刑」等等，大體上可以看作是賈誼參政之初的政治主張。

秦并海內，兼諸侯，南面稱帝，以養四海❶。天下之士，斐然鄉風❷。若是者，何也？曰：「近古之無王❸者久矣！」周室❹卑微，五霸❺既沒❻，令不行於天下。諸侯力政❼，彊❽侵弱，眾暴寡❾。兵革❿不休，士民⓫罷敝⓬。今秦南面而王天下⓭，是上有天子也。既⓮元元⓯之民，冀⓰得安其性命，莫不虛心而仰上⓱。當此之時，守威⓲定功⓳，安危之本，在於此矣。

【章　旨】本章指出，秦王朝統一了天下，正是容易推行仁義的時候。

【注　釋】❶以養四海　享有四海。養，取。❷斐然鄉風　意為天下的知識分子，斐然呈現其文彩，傾心於秦人統一之業，願為之用。斐然，有文彩的樣子。鄉風，聞風歸附。鄉，通「嚮」。❸王　古代人認為天下所擁護的王朝，才是名符其實的「王」。所以許慎《說文解字》解釋「王」字說：「王，天下所歸往也。」❹周室　周王朝。❺五霸　五個霸主。春秋五霸有以下三種說法：①齊桓公、晉文公、宋襄公、楚莊公、秦穆公（《呂氏春秋》）；②齊桓公、晉文公、楚莊王、吳王闔閭、越王句踐（《荀子》）；③齊桓公、宋襄公、晉文公、秦穆公、吳王夫差（《漢書》顏師古注）。❻沒　通「歿」。死。❼力政　是說各國以武力相攻伐。政，通「征」。❽彊　通「強」。❾眾暴寡　大國恃其人眾而欺侮力量寡小的國家。❿兵革　兵器和甲冑的總稱。泛指武器軍備。這裡指戰爭。⓫士民　兵士和人民。⓬罷敝　疲弊；困乏無力。罷，通「疲」。⓭王天下　統一天下。⓮既　盡；凡是。⓯元元　古時稱人民為黎元，或曰元元。⓰冀　希望。⓱虛心而仰上　抱著傾心想望的情懷，仰望皇上能有好的政治。上，指皇帝。⓲守威　維持削平六國的威望。⓳定功　制定出統治天下的政治規劃。功，事業。

【語　譯】秦國消滅了所有敵人，兼併了諸侯各國的土地，朝南而坐，稱了皇帝，統治了天下。天下士人紛紛聞風而歸。出現了這樣好的形勢，是為什麼呢？答案是：「戰國以來，很長的時間沒有統一天下的帝王了！」周王朝衰敗，五霸早已覆滅，周天子的政令不能施行於天下。所以，諸侯用武力互相征戰攻伐，強國侵犯弱國，大國欺壓小國。戰亂不止，人民疲憊困乏。秦國稱王天下，這就是上有天子了。就是庶民百姓也希望能夠平安地保全性命，沒有不虛心敬仰皇帝的。在這樣的形勢下，應該維持好削平六國的威望，制定出統治天下的政治規劃，安定危困局面的關鍵就在這裡。

秦王懷貪鄙❶之心，行自奮❷之智，不信功臣，不親士民，廢王道❸，立私權❹，禁文書而酷刑法❺，先詐力❻而後仁義❼，以暴虐❽為天下始❾。夫兼并者，高詐力❿；安定者，貴順權⓫；此言取與守不同術⓬也。秦離戰國而王天下，其道不易，其政不改，是其所以取之守之者異也⓭。孤獨⓮而有⓯之⓰，故其亡可立而待也。借使秦王計⓱上世之事，並殷周之跡⓲，以制御⓳其政，後雖有驕淫⓴之主，而未有傾危㉑之患㉒也。故三王㉓之建天下，名號顯㉔美，功業長久。

【章　旨】本章論述了奪取天下與守住天下應該採取不同的方法，認為秦王朝統治者假如能採取正確的方法，國家就不會滅亡。

【注　釋】❶貪鄙　是說欲望大而見解褊狹。❷自奮　自矜個人的智力，自以為出人之上。❸廢王道　拋棄王道不用。❹立私權　建立帝王有無上權力的專制制度。❺禁文書而酷刑法　指秦始皇三十四年「有藏《詩》《書》百家語者，悉詣守尉雜燒之。有敢偶語《詩》《書》，棄市（古代殺人於市）。以古非今者，族（誅）」等法令。文書，指書籍。❻先詐力　注重詐術與威力。❼後仁義　輕視仁義。❽暴虐　殘暴酷虐。❾始　開端之意。❿夫兼并者二句　是說企圖吞併別人的人，當然要崇尚詐術與威力。⓫安定者二句　想安定危困局面的人以順變為貴。順權，是說能依實際情況變化的需要，來制定一套新的政治方案。權，權宜；權變。即衡量是非輕重，以因事制宜。⑫術　方法；策略。⑬秦離戰國而王天下四句　秦朝在併吞六國統一天下之後，所用來統治天下的方法和策略沒有改變，這是錯誤地把攻取天下的方法應用到統治天下上去了。離，併吞。⑭孤獨　指把所有權力集中於皇帝個人。⑮有　專有。⑯之　代指天下。⑰計　考慮。⑱並殷周之跡　比較殷周兩代所以興、所以亡的往事。並，比較。跡，往事。⑲制御　意為控制、統治。制，裁斷。御，治理。⑳驕淫　驕奢淫逸。㉑傾危　快要倒坍的樣子。㉒患　憂慮。㉓三王　指夏、商、周三代開國之王。即夏禹、殷湯、周文王、武王。㉔顯　光明之意。

【語　譯】秦始皇有著一顆貪婪、鄙陋的心，靠著自以為高明的才智，不相信功臣，不親近士民，不行王道而施行自己欣賞的霸道，焚燒了典籍，並殘酷地推行刑罰制度，不論遇到什麼事情都注重詐術與威力，而輕視施行仁義的政策，成為靠暴虐來統治天下的第一人。推行兼併戰爭的人，崇尚欺詐和暴力；要安定危困局面的人，重視順從形勢和因事制宜；這是說攻取和守成要用不同的策略。秦併吞六國而稱王天下，它治國的方針、政策卻不改變，這是錯誤地把攻取天下的方法應用到統治天下上去了。秦始皇把所有的權力都集中在一個人手裡，所以政權的滅亡是指日可待的。假如秦始皇能考慮前代的歷史，沿著殷、周的治國道路去治理國政，後代即使有驕奢淫逸的君王，也不至於會有傾覆危亡的憂慮啊。所以，夏、商、周三代聖王統治天下，美名赫赫，功業長久。

今秦二世❶立，天下莫不引領❷而觀其政❸。夫寒者利裋❹褐❺而飢者甘糟糠，天下之嗸嗸，新主之資也❻；此言勞民❼之易為仁❽也。鄉使❾二世有庸主❿之行，而任忠賢，臣主一心而憂海內之患，縞素而正先帝之故⓫；裂地分民，以封功臣之後，建國立君⓬，以禮天下；虛囹圄⓭而免刑戮⓮，除收帑⓯汙穢⓰之罪，使各反⓱其鄉里；發倉廩⓲，散財幣，以振⓳孤獨窮困之士⓴；輕賦少事，以佐百姓之急㉑；約法省刑㉒，以持㉓其後，使天下之人，皆得自新，更節㉔修行，各慎其身；塞㉕萬民之望㉖，而以威德與天下㉗，天下集㉘矣。即㉙四海之內，皆讙然㉚各自安樂其處，唯恐有變㉛。雖有狡猾之民，無離上之心，則不軌㉜之臣無以飾㉝其智，而暴亂之姦止矣。

【章　旨】本章為秦二世設想了在他即位後應該採取的一系列措施，認為如果採取了這些措施，國家政權就不會被推翻。

【注　釋】❶二世　胡亥。秦朝第二代皇帝。秦始皇少子，西元前二一〇～前二〇七年在位，被趙高逼迫自殺。

❷引領　伸著脖子。領，頭頸；脖子。❸觀其政　觀察二世的政治作風，希望二世能改變他父親秦始皇的政治作風。❹裋　短襖。❺褐　極粗的毛織衣料。❻天下之嗸嗸二句　意為天下人民都嗸嗸怨恨，是替新起的君主創造憑藉。嗸嗸，眾多憂愁怨恨的聲音。資，憑藉。❼勞民　疲勞痛苦之民。❽為仁　施行仁政。❾鄉使　那時候假使。鄉，同「嚮」。❿庸主　平庸的君主。⓫縞素而正先帝之故　這裡是說二世不必有所等待，就在穿著喪服的期間，下令改正他父親的政治主張。下面就是作者替二世設想的最迫切的改革措施。縞素，白色織物。古代喪服尚白，故以縞素為喪服的代稱。故，通「過」。過錯。⓬建國立君　建諸侯國，封諸侯王。意思是說給所滅亡的國家以少量土地，待以亡國之禮，以減少六國之後的反抗情緒。⓭囹圄　有高圍牆的監獄。⓮刑戮　受刑罰或被處死。⓯收帑　即「收孥」。孥，指兒女。古時一人犯法，其家屬也要株連治罪，沒為奴婢。秦法，一人有罪，並坐其家室。直到漢文帝初年，才除去收帑諸相坐律令。⓰汙穢　猶今語亂七八糟。意謂除去那些株連全家全族的亂七八糟的刑律。⓱反　通「返」。⓲倉廩　糧倉。⓳振　通「賑」。救濟。⓴士　指知識分子。㉑以佐百姓之急　幫助百姓解除最迫切的困苦。㉒約法省刑　簡化法令，減輕刑罰。㉓持　守候。㉔更節　改變立身準則。㉕塞　猶滿足。㉖望　願望。㉗以威德與天下　是說把職權分一些給天下，把恩德實施到各階層。威，指上面封功臣之後、建國立君等事。德，指其下各事。㉘集　和平安定之意。㉙即　與「則」字用法同。㉚讙然　快樂貌。讙，古「歡」字。㉛唯恐有變　恐怕變亂發生，失去安定的生活。㉜不軌　不遵守法度。㉝飾　粉飾；偽裝。

【語　譯】到秦二世新皇登基，全國人民無不延頸觀望，看他實行怎麼樣的治國方針。挨凍的人，覺得粗布短衣是很好的衣服；挨餓的人，覺得酒渣糠皮也是美味的食物，天下的人民怨聲載道，正是新即位的君王爭取民心、推行新政的極好機會；這就是說，對勞苦百姓是很容易施行仁義的。假如秦二世有平庸君王的品行，再任用一些忠誠賢明的大臣，君臣一心，關心國家的命運，在穿著喪服的即位之初就開始糾正秦始皇的過錯；把土地和人民分封給功臣後代，建立諸侯國，分封諸侯王，對天下施行仁義；使監獄空空，沒有犯人，免除嚴厲的刑罰，廢除掉收捕犯人妻子兒女做奴隸等株連全族的法令，讓他們回到家鄉去；打開倉庫，發放糧食錢財，用來救濟身無依靠和貧窮困苦的人；減少賦稅徭役，解救老百姓的急難；簡化法令，減少處罰，以待今後一一改過自新，使天下人民都能重新做人，改弦更張，講究品行，謹慎處事；滿足人民的願望，以盛德施行於天下，天下就安定了。這樣，全國內的人都歡歡喜喜，各自安居樂業，唯恐會發生什麼變亂。雖然仍然有些狡猾不馴服的人，他們也不會有背叛君王的想法，這樣，那些圖謀不軌的大臣就沒有辦法施展他們的陰謀詭計，暴亂的隱患就會消除了。

二世不行此術，而重之以無道，壞宗廟與民❶，更始❷作阿房宮❸；繁刑嚴誅，吏治刻深；賞罰無當，賦斂無度❹。天下多事，吏弗能紀❺；百姓窮困，而主弗收恤❻。然後姦偽❼並起，而上下相遁❽；蒙罪者眾，刑戮相望於道❾，而天下苦之。自君卿❿以下至於庶人，懷自危之心，親處窮困之實，咸不安其位，故易動⓫也。是以陳涉⓬不用湯武⓭之賢，不藉⓮公侯之尊，奮臂⓯於大澤⓰，而天下響應者，其民危也。故先王見始終之變⑰，知存亡之機⑱。是以牧民⑲之道，務在安之而已。天下雖有逆行之臣，必無響應之助矣。故曰：「安民可與行義，而危民易與為非⑳。」此之謂也。貴為天子，富有天下，身不免於戮殺者，正傾非也㉑。此二世之過也。

【章旨】本章批評秦二世無正傾之術，因此雖然貴為天子，富有天下，但是終不免身死他人之手。

【注釋】❶壞宗廟與民　毀壞了宗廟和人民。壞，自行破壞之意。❷更始　工程停頓了一些時日，重又開始建築。❸阿房宮　秦時宮殿名。始築於秦始皇三十五年。秦始皇在渭水南岸的上林苑中建築一個巨大的「朝宮」，先建一個前殿，叫做阿房。只此一殿的規模，東西五百步，南北五十丈，上可以坐萬人，下可以建五丈之旗。四面環繞著閣道。前面一直通到終南山，後面渡過渭水連接舊都咸陽。刑徒參加建築的凡七十多萬人。未建成而始皇死。到二世元年四月，下令「復作阿房宮」。秦亡時尚未正式完工，為項羽所焚毀。現西安市西阿房村尚存高大的夯土臺基。❹繁刑嚴誅四句　意為刑罰繁多，處罰嚴厲；官吏治獄，苛刻殘酷。獎懲不當，徵收賦稅沒有節制。刻深，苛刻嚴酷。❺紀　治理。❻收恤　收容救濟。❼姦偽　指奸詐和欺騙的行為。❽相遁　互相隱瞞以逃避責任。❾蒙罪者眾二句　是說犯罪的人數日益加多，遭受刑戮的人連接不斷，所以說相望於道。❿君卿　指大臣。⓫易動　容易引起變亂。⓬陳涉　即陳勝（西元前？～前二〇八年）。秦陽城人。字涉。秦二世元年七月，與吳廣率領戍卒九百人，在蘄縣大澤鄉揭竿而起，詐稱公子扶蘇、楚將項燕，時諸郡縣苦秦苛法，雲集響應。既占領陳縣，勝乃自立為王，國號張楚。與秦將章邯戰，兵敗還至下城父，為其御莊賈所害。見《史記・陳涉世家》、《漢書》本傳。⑬湯武　商湯王和周武王。商湯王，又稱武湯、武王、天乙、成湯。或稱成唐。甲骨文稱唐、大乙。又稱高祖乙。商朝的建立者，原為商族領袖，與有莘氏通婚，任用伊尹執政，積聚力量，準備滅夏。陸續攻滅鄰近的葛國、夏的聯盟韋、顧、昆吾等國，經十一次出征，成為當時強國。後一舉滅夏，建立商朝。周武王，西周王朝的建立者。姬姓，名發。繼承其父文王遺志，聯合庸、蜀、羌、髳、微、盧、彭、濮等族，率軍東攻。牧野之戰，取得大勝，遂滅商，建立西周王朝，建都於鎬(今陝西西安西南灃水東岸)。⑭藉憑藉。⑮奮臂　揮動臂膀，號召人民起義。⑯大澤　陳涉起義的大澤鄉。在今安徽宿縣西南。⑰見始終之變　察見事物的全部變化過程。⑱知存亡之機　認識存亡的關鍵所在。⑲牧民　統治人民。⑳故曰三句　此處引用古語，出處未詳。㉑貴為天子四句　這幾句意思是秦帝國在始皇死後，已像一個將要傾覆的大廈，二世沒有採取矯正的方策，所以終於身死國亡。在秦二世三年八月，起義軍大破秦兵於鉅鹿，趙高恐二世殺己，遂殺二世於望夷宮。正傾，把傾斜而將要倒塌的房屋扶正過來。

【語　譯】秦二世不實行這些政策，反而變得更加暴虐無道，毀壞了宗廟，害苦了百姓，又重新下令修建阿房宮；刑罰繁多，處罰嚴厲，官吏治獄，苛刻殘酷；獎懲不當，徵收賦稅沒有節制。天下徭役雜事很多，官吏根本沒有辦法統理；百姓困窮，但君王不予收容救濟。這樣，奸邪詭詐的行為紛紛發生，上上下下互相欺瞞；犯罪的人數日益增多，受過刑的人和被處死的人接連不斷，天下人民深以為苦。從朝廷重臣到庶民百姓，人人的內心都感到自己十分危險，切身處於窘迫和困頓之中，都不安於自己的處境，因而容易引起變亂。因為這個原因，陳涉雖然沒有商湯王和周武王那樣的賢明，也不借助於公侯那樣的尊貴地位，在大澤鄉奮臂一呼，天下人便即刻響應，這是因為人民處境實在太危險了啊。因此，前代聖王通過觀察事物前後發展變化的過程，了解國家興亡的原因。所以，統治人民的方法，說來說去就是使他們安定罷了。能安定，下面即使有犯上作亂的臣子，也一定沒有人響應支持。所以說：「生活安定的人能夠和他們一起做正義的事情，而處於危困境地的人則容易合夥去做壞事。」說的就是這個道理啊。論尊貴，是天子，論富有，占有整個天下，而自身卻未能免於殺戮，這是因為秦二世在繼位後沒有能夠糾正秦始皇的錯誤政策啊，就像沒有能夠採用正確的方法把傾斜了的房子扶正過來一樣。這便是秦二世的過錯所在了。

【研　析】秦王朝統一天下之後，形勢是非常好的。為什麼呢？因為廣大人民群眾厭倦了戰國以來國家長期分裂，諸侯割據，戰爭頻仍的局面，盼望統一，盼望和平，這是人心所嚮。如果在這樣的條件下，維持好削平六國時的威望，制訂出一整套統治天下的政治規劃，天下是能夠長治久安的。可是，問題就在這裡。秦始皇沒有順應天下大勢，倒行逆施，「不信功臣，不親士民，廢王道，立私權，禁文書而酷刑法，先詐力而後仁義，以暴虐為天下始。」在推行一系列高壓政策的同時，又不顧國情，大肆動用人力物力，造萬里長城，修驪山陵墓，弄得怨聲載道，民不聊生。

雖然如此，在始皇時代，一切的不滿情緒還是在醞釀之中，正如地下的火在奔騰，卻還沒有噴湧到地面上來。這火會不會噴湧到地面上來，是自動熄滅，還是大肆爆發，全要看始皇帝死後他的接班人如何處置了。

秦始皇崩於沙丘，秦始皇少子胡亥勾結趙高、李斯，矯詔逼死了本該繼位的太子扶蘇和名將蒙恬，登上了帝位，是為秦二世。

新皇帝登基，使全國人民耳目為之一新，二世如果能及時地革除秦始皇時政策的弊病，「而任忠賢，臣主一心而憂海內之患，縞素而正先帝之故……」天下是能夠安定的。可是秦二世沒有採取這一系列的「正傾」措施，仍然按照原先的方針行事，「重之以無道，壞宗廟與民，更始作阿房宮……而天下苦之。」因此，二世之時，陳涉振臂一呼，農民起義風起雲湧，二世雖然「貴為天子，富有天下」，但終「身不免於戮殺者」。賈誼認為這是「正傾非也」，「此二世之過也」。

在這篇文章中，值得注意的是賈誼為秦二世設計的一整套「正傾」措施：「裂地分民，以封功臣之後，建國立君，以禮天下；虛囹圄而免刑戮，除收帑汙穢之罪，使各反其鄉里；發倉廩，散財幣，以振孤獨窮困之士；輕賦少事，以佐百姓之急；約法省刑，以持其後……」賈誼認為如果採取了這些措施，國家政權就不會被推翻。這些措施的核心是「以威德與天下」，與秦二世實際上施行的暴政形成了鮮明的對比。

過秦論下

【題解】在本篇中作者繼續分析秦王朝滅亡的原因。文章上半篇論述了秦王子嬰在繼承了皇位之後，沒有認識到秦始皇與秦二世的錯誤所在，因而沒有採取有效的「救敗」措施，導致秦王朝徹底滅亡。下半篇總結全文，指出：由於始皇、二世、子嬰三主失道，忠臣不諫，智士不謀，百姓怨恨，內無輔，外無親，「天下已亂，姦不上聞」，終於很快失掉了天下；又將秦王朝的政策與周朝先王的政策加以比較，勸諫西漢統治者必須借鑒歷史經驗教訓，「察盛衰之理，審權勢之宜，去就有序，變化應時」，以求長治久安。

秦并兼❶諸侯，山東❷三十餘郡，繕❸津❹關❺，據險塞❻，修甲兵❼而守之。然陳涉以戍卒散亂❽之眾數百，奮臂大呼，不用弓戟之兵，鉏❾櫌❿白梃⓫，望屋而食⓬，橫行天下。秦人阻險⓭不守，關梁不闔⓮，長戟不刺，彊弩⓯不射。楚師深入，戰於鴻門⓰，曾無藩籬之艱⓱。於是⓲山東大擾⓳，諸侯並起⓴，豪俊㉑相立㉒。秦使章邯㉓將而東征，章邯因以三軍之眾，要市㉔於外，以謀其上㉕。群臣之不信㉖，可見於此矣。子嬰㉗立，遂㉘不寤㉙。藉使㉚子嬰有庸主之才，僅得中佐㉛，山東雖亂，秦之地㉜可全而有，宗廟之祀未當絕也。

【章旨】本章言秦的滅亡是由於皇帝對群臣不相信，而群臣也不誠實，子嬰如果能覺悟到這一點，秦可以不被滅亡。

【注釋】❶并兼　即「兼并」。合併或吞併意。❷山東　這裡指函谷關以東。❸繕　修理。❹津　要路口有橋梁處。❺關　關口。❻險塞　邊防上險要之地。❼甲兵　鎧甲和兵器。泛指武備。亦用作軍事的代稱。❽散亂　無組織之意。❾鉏　同「鋤」。❿櫌　一種平整土地的農具。⓫白梃　無漆飾的大棒。⓬望屋而食　是說起義部隊沒有給養，需要到有人家的地方找飯吃。⓭阻險　二字義同。與「險阻」同。⓮闔　關閉。⓯彊弩　用機括來發射的強弓。彊，通「強」。⓰楚師深入二句　這裡指二世二年陳涉所派遣的將軍周文（一名周章）所率領的軍隊，共有幾十萬人，曾進軍到今陝西臨潼東面叫做「戲」的地方。後來項羽駐兵的鴻門坡，也就在這裡，所以說「戰於鴻門」。這支隊伍後被章邯打敗，退出函谷關。⓱曾無藩籬之艱　意思是秦有那麼些險關要塞，竟然連像籬笆樣的作用都沒有起。艱，指險阻。⓲於是　在這時候。⓳擾　亂。⓴諸侯並起　如武臣自立為趙王、魏咎為魏王、田儋為齊王等。㉑豪俊　指才智傑出的人。㉒相立　互相推為主帥或領導者。㉓章邯　秦二世所任命的大將。他打退周文的部隊後，又出關打敗了陳涉和項梁。後在鉅鹿為項羽所破，投降，封為雍王。項羽大封諸侯王時，他被封咸陽以西之地。都廢丘（今陝西興平東南）。楚漢戰爭中，劉邦圍攻廢丘，他兵敗自殺。㉔要市　即約市。像彼此間互訂契約來做買賣，所以稱為「要市」。章邯在鉅鹿（今河北平鄉）被項羽打敗後，接受陳餘勸告，投降項羽。這裡所說的「要市」，即是〈項羽本紀〉所說的「約共攻秦，分王其地」，章邯使人見項羽，欲約，項羽欲聽其約之事。㉕以謀其上　即站到起義軍這方，相約共同攻秦。㉖不信　不誠實；不忠誠。一說是群臣與秦皇之間沒有信任感，彼此互有猜嫌。亦通。㉗子嬰　秦始皇孫。二世兄子。秦二世三年，趙高殺二世，立子嬰為秦王。子嬰設計殺死趙高，並滅其三族。為秦王僅四十六日，即降於劉邦，旋為項羽所殺。㉘遂　終。㉙不寤　不覺醒。㉚藉使　假使。藉，同「借」。㉛中佐　中等人才來作他的輔相。㉜秦之地　指秦本來的土地。即孝公以前的雍州之地。

【語譯】秦人兼併了崤山以東諸侯各國三十多郡的土地，整修交通要道，占據險阻要塞，修繕鎧甲兵器，作好防守的一切準備。然而陳涉率領著幾百名沒有組織、沒有訓練過的人馬，振臂疾呼，不用弓戟等兵器，只靠鋤頭棍棒，也沒有給養補充，竟所向無敵，橫行天下。秦軍潰敗，險要之地無人把守，關隘橋梁暢通無阻，雖有長戟勁弩，也沒有人用來抵抗。楚軍深入，戰於鴻門，竟然沒有邊防上的戰亂。這時，東方諸侯豪俊一齊起事。秦人派章邯帶兵東征，章邯卻依仗這三軍人馬，和項羽相約，反戈攻秦，陰謀推翻秦二世。由此可以看出，群臣對秦二世是多麼的不忠誠啊。子嬰被立為秦王後，也始終沒有醒悟。假如子嬰有一個平庸君王的才能，而只要得到一個中等水準的大臣的輔佐，函谷關以東雖然動亂，但關中之地卻一定能夠保全不失，宗廟的祭祀也是不該斷絕的。

秦地❶被❷山帶河以為固，四塞❸之國也。自繆公❹以來至於秦王❺二十餘君❻，常為諸侯雄。豈世世賢哉？其勢居然也。且天下嘗❼同心并力而攻秦矣！當此之世，賢智並列，良將行其師❽，賢相通其謀❾，然困於險阻而不能進，秦乃延入❿戰而為之開關，百萬之徒逃北⓫而遂壞。豈勇力智慧不足哉？形不利，勢不便也。秦小邑并大城⓬，守險塞而軍⓭，高壘毋戰，閉關⓮據阨⓯，荷戟而守之。諸侯起於匹夫，以利合，非有素王⓰之行也。其交⓱未親，其下未附，名為亡秦，其實利之⓲也。彼見秦阻之難犯也，必退師⓳。安土息民⓴，以待其敝㉑；收弱扶罷㉒，以令大國之君㉓，不患不得意於海內。貴為天子，富有天下，而身為禽㉔者，其救敗非也㉕。

【章　旨】本章言秦國地勢險阻，本來可以不亡，但惜乎子嬰沒有救敗之才，導致國滅身死。

【注　釋】❶秦地　秦之地。指秦本來的土地。即孝公以前的雍州之地。❷被　背靠。❸四塞　指四面都有天然關隘險阻。❹繆公　即「穆公」。春秋時秦國國君，名任好，西元前六九五～西元前六六一年在位，是春秋五霸之一。❺秦王　指秦始皇。❻二十餘君　謂繆公、康公、共公、恆公、景公、哀公、惠公、悼公、厲共公、躁公、懷公、靈公、簡公、惠公、獻公、孝公、惠文王、武王、昭襄王、孝文王、莊襄王、秦王政，凡二十二君。❼嘗　曾經。❽行其師　統率指揮軍隊。❾通其謀　相互商訂對付秦國的計策。❿延入　迎入。⓫北　敗退。⓬小邑并大城　是將小市鎮的人民集中到大城裡去，準備抵制起義軍的「望屋而食」。小邑，小城鎮。⓭守險塞而軍　把軍隊駐紮在沿邊要塞上，築起高的營壘，不與敵作戰。⓮關　指函谷關。⓯阨　險要的地方。⓰素王　這裡指有帝王之德而未居王位之人。這種人有聖賢般的聲望和團結大眾的能力。⓱其交　指東方起義諸侯間的關係。⓲利之　是說在亡秦的名目下各欲自為諸侯王。⓳彼見秦阻之難犯也二句　是說根據上面的分析，賈誼估計他們在進攻困難，屯留乏食的情況下必然會退兵。⓴安土息民　安定他的軍士和人民。土，當作「士」。㉑待其敝　等待他們退兵。㉒收弱扶罷　收容扶持疲弱的人民。罷，通「疲」。㉓以令大國之君　意為可以用政治和實力使大國之君服從指揮。令，指揮。㉔為禽　為人所擒。禽，通「擒」。子嬰投降劉邦，作了俘虜，後為項羽所殺。㉕救敗非也　是說子嬰在他覆亡前夕沒有作出挽救的措施。

【語　譯】秦地被山帶河，形勢險固，四面都有天然的關隘險阻。自秦穆公以後一直到秦王二十多代君王，常常是諸侯中的佼佼者。難道歷代君王都賢明嗎？不是，只是因為國家所處的形勢才這樣的。而且，天下諸侯曾經同心協力進攻過秦國的啊！在那個時候，品德高尚和才智出眾的人大有人在，統帥指揮著軍隊，相互商訂對付秦國的計策，但是都為險阻所困而不能前進，秦國軍隊打開函谷關，與之迎戰，百萬之眾的部隊紛紛敗逃，因此戰敗。這難道是因為勇氣力量和智慧不夠的緣故嗎？也不是，只是因為地形地勢不利啊。秦國可以將小市鎮的人民集中到大城裡去，把軍隊駐紮在沿邊要塞上，築起高的營壘不與敵人作戰，關閉起函谷關，堅守住隘口，手拿著武器堅決地守住它。諸侯起於民間，因為求得某些好處而結合在一起，並沒有聖賢般崇高的聲望和團結不散的能力。他們的盟友並不信任團結，人民也不歸順他們，名義上是要滅秦，實質上只是為自己謀利益。他們見到秦國關隘險阻，難以侵犯，一定會撤兵退回。秦國藉此安定它的軍士和人民，讓人民休養生息，等待諸侯疲困；趁機接納弱小的國家，扶持衰微的國家，以此指揮大國的君王，不怕不得意於天下。結果貴為天子，富有天下，而自己卻為人擒獲，這是因為挽救敗局的政策是錯誤的啊。

秦王足己❶不問❷，遂過❸而不變。二世受之，因❹而不改，暴虐以重禍。子嬰孤立無親，危❺弱❻無輔❼。三主❽惑❾而終身不悟，亡，不亦宜乎？當此時也，世非無深慮❿知化⓫之士也；然所以不敢盡忠拂⓬過者，秦俗多忌諱之禁⓭，忠言未卒於口⓮，而身為戮沒⓯矣。故使天下之士，傾耳而聽⓰，重足⓱而立，拑口⓲而不言。是以三主失道，忠臣不敢諫，智士不敢謀，天下已亂，姦⓳不上聞，豈不哀哉！

【章旨】本章總論秦始皇、二世、子嬰三主在政治上的過失，而最後歸結於秦國有太多的忌諱，使臣下不敢進言，這對國家危害至大。

【注釋】❶足己　驕傲自滿。❷不問　不徵求別人意見。❸遂過　行過；堅持錯誤。❹因　因循。❺危　指當日形勢危急。起義軍已一度進到距咸陽很近的地方，章邯又與諸侯約共攻秦。❻弱　指子嬰年幼。❼無輔　指他沒有親信大臣的幫助。❽三主　指秦始皇、秦二世和子嬰。❾惑　迷惑於錯誤的道路。❿深慮　深於謀算。⓫知化　對形勢變化認識透徹，復能掌握著情況以制定方策。⓬拂　通「弼」。糾正。⓭秦俗多忌諱之禁　秦國的政治有許多忌諱的禁條。如《史記·秦始皇本紀》所載：當時人皆「畏忌諱，諛，不敢端言其過」。到二世時，又「群臣諫者，以為誹謗」。忌諱，舊時由於風俗習慣或迷信，忌說某些認為不吉利的話或忌做某些認為不吉利的事。⓮未卒於口　話還沒有講完。卒，完畢。⓯沒　滅亡。⓰傾耳而聽　表示很小心地聽，怕觸犯禁條而遭刑戮。傾，側。⓱重足　兩隻腳疊起來，不敢行步，怕踏上不測之禍。形容恐懼而不敢前進的樣子。⓲拑口　閉住口；不說話。⓳姦　統治者對「盜賊」和叛亂者所加的名稱。這裡是指起義軍。陳涉、吳廣等在二世元年七月起兵，各地響應，一直到幾十萬人進到臨潼，才使「二世大驚」。

【語譯】秦始皇剛愎自用，不徵求別人意見，堅持錯誤不改。秦二世又繼承這些錯誤政策不加改變，並且更加兇殘暴虐，因而加重了災禍。子嬰孤立而無人親近，危弱而少人輔佐。這三代君王昏庸糊塗，終身不曾醒悟，滅亡，不也是應該的嗎？在當時，國家不是沒有深謀遠慮、洞察世變的人；但他們之所以不敢竭盡忠誠、糾正過失，是因為秦國的政治有許多忌諱的禁條，還沒等忠言說出口，想說話的人早已粉身碎骨了。因而使得天下人對任何事情只好側耳而聽，疊足而立，閉口不言。因此，三代君王喪失帝道，忠臣不肯直言進諫，智士不肯為之謀劃。天下已經大亂了，奸臣還封鎖著消息，不讓皇帝知道，這不是十分可悲哀的嗎！

先王知雍❶蔽之傷國也，故置公卿、大夫、士，以飾法❷設刑❸，而天下治。其彊也，禁暴誅亂而天下服；其弱也，五伯征❹而諸侯從；其削也，內守外附而社稷存。故秦之盛也，繁法嚴刑而天下振❺；及其衰也，百姓怨望❻而海內❼叛矣。故周五序❽得其道，而千餘歲❾不絕；秦本❿末⓫並失，故不長久。由此觀之，安危之統⓬相去遠矣！野諺⓭曰：「前事之不忘，後事之師也。」是以君子為國⓮，觀之上古，驗之當世⓯，參以人事⓰，察盛衰之理，審權勢之宜⓱，去就⓲有序⓳，變化應時⓴，故曠日長久，而社稷安矣㉑。

【章　旨】本章以秦國由空前強大而最終很快滅亡的教訓，總結出寫這篇文章的中心思想——批評秦王朝的過失，目的是為了使西漢統治者記取亡秦的教訓，居安思危，改革時弊，以達到長治久安。

【注　釋】❶雍　同「壅」。阻塞。❷飾法　整頓法度。飾，同「飭」。❸設刑　建立刑事制度。❹五伯征　指春秋間周王朝無力解決糾紛，由齊桓公、晉文公、秦穆公、宋襄公、楚莊王等五霸來主持討伐事。伯，通「霸」。❺振　同「震」。天下震動懾伏。❻怨望　怨恨。❼海內　國內之意。❽五序　《新書》作「王序」。凡有次第行列者皆為有序。上文已說到先王「置公、卿、大夫、士，以飾法設刑」，則此五序或王序，疑即《大戴禮・盛德》所說的「均五政」。五政，是說天子、公、卿、大夫、士各有他們所應負的政治責任。這五個階層，可以叫作「五序」，也可以叫做「王序」。賈誼所說的「周五序得其道」，是針對著始皇把政權集中到皇帝個人而說的。❾千餘歲　誇辭，實際只有八、九百年。❿本　指政治方針和上面所說的「五序」制度。⓫末　指所說的「正傾」、「救敗」的措施。⓬統　綱紀；法則。⓭野諺　泛舉俗話中不知所本的格言。作者引用這兩句諺語，是說明他寫〈過秦論〉的用意所在。諺，流傳在民間的固定語句。⓮為國　治理國家。⓯驗之當世　考察當時施行的效果。⓰參以人事　從各方察驗人事使用得當否，和事務施行中的利弊。參，和「驗」義同。⓱審權勢之宜　酌量二者間的恰當分寸。權，是威權。勢，指形勢。⓲去就　指拋棄這一種方法或者採用那一種方法。⓳有序　按照一定規律。⓴變化應時　時代變了，政策也要相應地改變。㉑故曠日長久二句　意思是在上面的政策方針之下，日子長久了，治安的基礎會建立起來，國家也就安定了。曠日，多日。社稷，代指國家。

【語　譯】先王懂得政治上的昏闇會傷害國家，所以設置公、卿、大夫和士，讓他們整治法令和設立刑法，國家因此大治。當它強盛的時候，它能夠禁止兇暴、討伐叛亂，使天下順服；當它衰弱的時候，五霸會出來征討而諸侯順從；當它受挫的時候，內部固守，外部親附，國家因此能夠生存。而秦國在強盛的時候，法令繁苛，刑法嚴酷，天下震動；等到它衰弱的時候，百姓痛恨，天下背叛。所以，周王統治有道，江山傳至一千多年；秦國從治國大綱到具體政策都不正確，所以國運不能長久。由此看來，實現安定的綱領政策和導致危難的綱領政策，兩者是相距太遠了！民間諺語說：「前事不忘，後事之師。」所以有道德的人治理國家，總是觀察上古的歷史，再拿當代的事情加以檢驗，並從各方面察驗人事使用得當否和事務施行中的利弊，洞察事物或盛或衰的道理，酌量二者之間的恰當分寸，拋棄或採用某一種方法都按照一定的規律，時勢改變了，政策法令也相應地改變，因此能夠使江山久享，國家安定。

【研　析】秦二世之時，農民起義風起雲湧，遍布各地。繼陳涉、吳廣大澤鄉起事以後，又有項梁、項羽和劉邦等人相繼起事響應，六國諸侯也紛紛起兵，重新占領一些地盤，一時間，烽火滿天，狼煙遍地，秦政權處於風雨飄搖之中，瀕於崩潰的邊緣。然而，事實的真相卻被趙高隱瞞著，真實的消息也被趙高封鎖著，二世並不完全知道。趙高為了獨掌朝政，用陰謀設計讓二世殺了李斯，由郎中令而升任中丞相，再以「指鹿為馬」之手法，將那些他認為不聽話的大臣逐一鏟除，結果，二世身邊耳目全無，連天下已經大亂的情況也無人告知，最後，在未央宮為趙高所殺。趙高殺了二世，立二世兄子子嬰為帝，子嬰即位後，設計殺了趙高，親掌朝政。但此時的關東已經大亂，非復秦王朝所能控制，但賈誼認為，秦朝的最後滅亡，子嬰仍有不可推卸的責任，因為，關東雖亂，但關中，即原先戰國時秦國的地盤仍控制在秦政權手中，「秦地被山帶河以為固，四塞之國也。」這是地理形勢，十分有利；「自繆公以來至於秦王二十餘君，常為諸侯雄。豈世世賢哉，其勢居然也。」這是歷史上的事實。賈誼認為，根據歷史上的經驗，子嬰應該固守關中，保全關中之地，這樣可以仍為諸侯，保全宗廟。然而，子嬰沒有這樣做，而是在劉邦大兵來到之時，開關投降，結果為項羽所殺，秦朝徹底滅亡。賈誼深深為之感到惋惜：「貴為天子，富有天下，而身為禽者，其救敗非也。」認為子嬰沒有「救敗」的才能。

文章至此，對秦朝三帝的評論已經完成，賈誼將話題引回到現實中來了。所謂「過秦」，就是分析、評論秦王朝三位皇帝的過失，古為今用，評論的目的是為了吸取教訓，前車之覆，後車當引以為鑒，是希望當今的統治者能總結歷史的教訓，把天下治理得更好，免蹈覆轍。賈誼作為漢文帝的大臣，可謂竭忠盡智矣。司馬遷在《史記·秦始皇本紀》中全文引錄〈過秦論〉三篇，並贊道：「善哉乎，賈生推言之也！」對於賈生「過秦」包含的言外之意，漢代及後代的統治者都是不難推及的。

縱觀〈過秦論〉上、中、下三篇，雖可各自為篇，但上下銜接，仍渾然為一整體，不可分割；雖然每篇評論一位帝王，但整體是對秦朝歷史的一個總的回顧。全文的起承轉合，井然有序。各種寫作手法，運用自如，十分得體，加上賈誼高超的文學修養，文章寫得汪洋恣肆，如飛流急湍，奔騰直瀉，勢不可擋，我們說賈誼此文是開我國史論體散文創作的先河、是對後世散文影響很大的西漢鴻文，這話一定不會過分。

附錄

賈誼年表

紀年	時事	生平與著作
漢高祖七年 辛丑 西元前二〇〇年	十月，高祖親擊韓王信，韓王信逃入匈奴。信及匈奴擾漢。高祖親率大軍擊匈奴，至平城（今山西大同東北），被冒頓單于圍於白登（山名，在平城東）七日。用陳平計，使人厚賂閼氏（匈奴單于妻的稱號），始得出圍。 十二月，匈奴攻代。代王喜逃歸。立戚夫人子如意為代王（按：實不赴代）。	賈誼生於本年。《史記》、《漢書》本傳謂賈誼雒陽（今河南洛陽）人。
漢高祖八年	匈奴冒頓攻擾北方，高祖問計於劉敬，	賈誼二歲。

壬寅 西元前一九九年	劉敬提出和親的建議,謂冒頓在為子婿,死則外孫為單于,決不致與外祖父相抗。 禁止商人穿著絲綢服裝、攜帶兵器、乘車騎馬。	
漢高祖九年 癸卯 西元前一九八年	十月,派劉敬赴匈奴結和親約,以「家人子」冒充長公主嫁單于。劉敬還,言匈奴河南白羊、樓煩王,距長安近者七百里,輕騎一日一夜可到;又關東六國強族尚多,宜遷諸侯關中。 十一月,遷齊楚昭、屈、景、懷、田五族及豪傑十餘萬人至關中。 十二月,趙王張敖(張耳子、高祖婿)因趙相貫高等謀害高祖事,降為宣平侯。以代王如意為趙王。以丞相蕭何為相國。	賈誼三歲。
漢高祖十年 甲辰 西元前一九七年	九月,趙相國陳豨友,勾結匈奴,自立為代王。高祖自出擊陳豨,至邯鄲。 十月,淮南王、燕王、荊王、楚王、齊王、長沙王來朝。	賈誼四歲。

漢高祖十一年 乙巳 西元前一九六年	冬，破陳豨軍。漢軍攻殺韓王信。 春正月，淮陰侯韓信被人告發與陳豨通謀欲反，呂后與蕭何誘殺韓信。 三月，梁太僕得罪，赴長安告梁王彭越謀反。高祖捕彭越。呂后又令人告彭越反狀，高祖殺彭越。以皇子恆為代王，都晉陽。以皇子恢為梁王，皇子友為淮陽王。 五月，立趙佗為南粵王。 七月，淮南王黥布見韓信、彭越死，舉兵反。高祖帶兵擊黥布。立皇子長為淮南王。陸賈上《新語》。下詔求賢才。	賈誼五歲。
漢高祖十二年 丙午 西元前一九五年	十月，黥布兵敗，走江南，被殺。高祖還過沛，召故人父老置酒相會，因作〈大風歌〉。周勃定代地，殺陳豨。改荊為吳，封兄子濞為吳王。 二月，燕王盧綰反，遣樊噲往擊，綰敗，逃入匈奴。立皇子建為燕王。 四月，高祖死。	賈誼六歲。

	五月，太子劉盈即位，是為惠帝。	
漢惠帝元年 丁未 西元前一九四年	冬十二月，呂后毒殺趙王如意。移淮陽王友為趙王。 春正月，開始築長城。	賈誼七歲。
漢惠帝二年 戊申 西元前一九三年	七月，相國酇侯蕭何死。曹參為相國，於事無所變更，以清靜無為治天下，史稱「蕭規曹隨」。	賈誼八歲。
漢惠帝三年 己酉 西元前一九二年	春，發長安六百里內十四萬六千人築長安城，三十日而罷。以宗室女為公主，嫁匈奴單于。 六月，發諸侯王、列侯徒隸二萬人築長安城。	賈誼九歲。
漢惠帝四年 庚戌 西元前一九一年	正月，舉民孝弟力田者，免本身徵役。 三月，省法令妨吏民者；除「挾書者族」之律。	賈誼十歲。
漢惠帝五年 辛亥	正月，復發長安六百里內男女十四萬五千人築長安城，三十日而罷。	賈誼十一歲。

西元前一九〇年	八月，相國平陽侯曹參死。九月，長安城成。	
漢惠帝六年 壬子 西元前一八九年	以王陵為右丞相、陳平為左丞相、周勃為太尉。令民得賣爵。留侯張良死。	賈誼十二歲。
漢惠帝七年 癸丑 西元前一八八年	八月，惠帝死。立養子恭為少帝。高后呂雉臨朝稱制。弛商賈之律，然市井子孫仍不得為官吏。	賈誼十三歲。
漢高后元年 甲寅 西元前一八七年	呂后欲封諸呂為王，王陵以高祖有「非劉氏而王，天下共擊之」之語，堅決反對，罷相。以陳平為右丞相，審食其為左丞相。廢除秦時所定的夷滅三族罪及「妖言」（過誤之語為妖言）令。 四月，封呂后侄呂臺為呂王，呂祿為胡陵侯。	賈誼十四歲。
漢高后二年 乙卯	呂臺死，子嘉嗣為呂王。封故齊王肥子章為朱虛侯，以呂祿女嫁章。	賈誼十五歲。

西元前一八六年	七月，恢復使用八銖錢（即秦半兩錢）。漢初鑄莢錢，太輕，物價騰貴，乃復行八銖錢。	
漢高后三年 丙辰 西元前一八五年	夏，長江、漢水溢，流民四千餘家。	賈誼十六歲。
漢高后四年 丁巳 西元前一八四年	少帝知己非張皇后子，恨太后殺其生母。呂后殺少帝，立恆山王義為少帝，改名弘。	賈誼十七歲。
漢高后五年 戊午 西元前一八三年	春，南粵王趙佗自稱南武帝。	賈誼十八歲。以能誦《詩》《書》屬文稱於郡中，河南守吳公聞其秀才，召置門下，甚愛幸。
漢高后六年 己未 西元前一八二年	廢呂王嘉，立呂臺弟產為呂王。封朱虛侯劉章弟興居為東弁侯。匈奴攻擾狄道、阿陽。行五分錢（莢錢）。	賈誼十九歲。仍在河南守吳公門下。
漢高后七年 庚申	冬十二月，匈奴攻打狄道。幽死趙王友。封梁王恢為趙王；以呂王呂產為梁王，	賈誼二十歲。仍在河南守吳公門下。

西元前一八一年	任帝太傅。趙王恢為呂產婿，受制妻黨，悲憤自殺。呂后封侄呂祿為趙王。陳平用陸賈計，與太尉周勃相結，謀制呂氏。	
漢高后八年 辛酉 西元前一八〇年	立呂臺子弟為燕王。 三月，呂后病。 七月，病重，以呂祿為上將軍，居北軍；呂產居南軍，以防大臣為變。呂后死。遺詔以呂產為相國。 八月，齊王襄（高祖長孫）舉兵討呂氏。呂產等遣灌嬰擊齊。灌嬰至滎陽，屯兵不進，與齊連和。呂祿疑懼，聽說客酈寄言，欲交兵權於太尉，以平息事變。 九月，太尉周勃詐以帝命入北軍，得將士擁護。勃與陳平、劉章等盡誅諸呂。大臣定議迎立代王恆。 九月，代王即帝位，是為文帝。少帝弘亦被殺。	賈誼二十一歲。仍在河南守吳公門下。
漢文帝元年	以周勃為右丞相，陳平為左丞相，灌嬰	賈誼二十二歲。至長安任博士。據

壬戌 西元前一七九年	為太尉。周勃自知能力不及陳平，請免，陳平乃獨為丞相。秦法，一人有罪，父母、妻子、同產相坐，及為收孥。文帝詔廢該項律令。立皇子啟為太子。詔賑貸鰥、寡、孤、獨、窮困之人。八十以上，月賜米、肉、酒；九十以上，加賜帛、絮。關東官吏宣布詔令，老弱病殘都扶杖往聽。楚元王交死。朝廷議欲定儀禮，不果。	《史記》、《漢書》本傳載，文帝初立，聞河南守吳公治平為天下第一，故與李斯同邑，而嘗學事焉，徵以為廷尉。廷尉乃言誼年少，頗通諸家之書，文帝召以為博士。是時，誼年二十餘，最為少，每詔令議下，諸老先生未能言，誼盡為之對，人人各如其意所出。諸生於是以為能。文帝說之，超遷，歲中至太中大夫。本年上〈論定制度興禮樂疏〉。又，〈虞賦〉亦當作於本年。
漢文帝二年 癸亥 西元前一七八年	十月，丞相曲逆侯陳平死。 十一月，絳侯周勃為丞相。文帝徵求直言，潁川人賈山言治亂之道，借秦為喻，名為〈至言〉，上之。 正月，文帝耕藉田勸農，賜民今年田租之半。廢除誹謗、妖言之罪。 三月，封前趙幽王子辟彊為河間王，朱虛侯章為城陽王，興居為濟北王。立皇	賈誼二十三歲。在朝為太中大夫。上〈論積貯疏〉。曾上疏建議列侯之(至)國，疏已佚。又，〈過秦論〉當與賈山〈至言〉同時所上。

漢文帝三年
甲子
西元前一七七年

子武為代王，參為太原王，揖為梁王。

十一月，周勃免相就國。
十二月，以太尉灌嬰為丞相，罷太尉不設。
四月，淮南王劉長殺辟陽侯審食其於其家。匈奴右賢王入居河南地，攻擾上郡邊地。命灌嬰率兵赴高奴，右賢王退走。城陽王章（原朱虛侯）死。濟北王興居反，敗死。劉章兄弟在滅呂氏時本欲立齊王。張釋之於本年為廷尉。代王武徙為淮陽王，太原王參徙為代王。

賈誼二十四歲。於本年出為長沙王太傅。據《史記》、《漢書》本傳載，初，誼以為漢興二十餘年，天下和洽，而固當改正朔、易服色、法制度、定官名、興禮樂，然後諸侯軌道，百姓素樸，獄訟衰息。乃悉草具其事儀法，色尚黃，數用五。為官名，悉更秦之法。帝初即位，謙讓未遑也。然諸法令所更定及列侯就國，其說皆誼發之。於是帝議以誼任公卿之位，絳、灌、東陽侯、馮敬之屬皆害之。迺毀誼曰：「雒陽之人，年少初學，專欲擅權，紛亂諸事。」於是帝亦疏之，不用其議。至是，遂以誼為長沙王太傅。
賈誼渡湘水時作〈弔屈原賦〉。據《史記》、《漢書》本傳，誼既為長沙王太傅，意不自得，及渡湘水，

		為賦弔屈原。屈原，楚賢臣，被讒放逐，作〈離騷經〉，其終篇曰：「已矣！國亡（無）人，莫我知也。」遂自沉江而死，誼追傷之，因以自喻。
漢文帝四年 乙丑 西元前一七六年	十二月，丞相潁陰侯灌嬰死。正月，以御史大夫張蒼為丞相。有人告周勃欲反，勃被捕下獄，旋得釋。勃曾為獄吏侵辱，有「將百萬軍，不知獄吏之貴」語。匈奴冒頓來書謂已破月氏，定樓蘭、烏孫諸國，「諸弓之民并為一家」。	賈誼二十五歲。仍為長沙王太傅。賈誼有騷〈惜誓〉一篇，當作於長沙王太傅任內，故係於此。
漢文帝五年 丙寅 西元前一七五年	莢錢輕，米價至萬錢一石。四月，改造四銖錢，文亦稱「半兩」；除盜鑄錢令，使民得自鑄。賈誼、賈山諫，不聽。文帝賜幸臣鄧通蜀嚴道銅山（在今四川榮經北），使鑄錢。吳王劉濞有豫章銅山，也鑄錢。吳、鄧錢布天下。	賈誼二十六歲。仍為長沙王太傅。上〈諫鑄錢疏〉。

漢文帝六年 丁卯 西元前一七四年	十一月，淮南王長（高祖少子）與人謀反，謫遷蜀地，於路絕食死。匈奴冒頓單于死，子稽粥立，號老上單于。文帝以宗人女嫁單于，使宦者中行說從往。中行說怨漢，降單于，為單于出謀劃策。老上單于殺月氏君長，當在老上初年。月氏原居敦煌、祁連間，至此西遷今新疆伊犁河流域及其迤西一帶，稱大月氏。	賈誼二十七歲。仍在長沙為長沙王太傅，是年作〈鵩鳥賦〉。據《史記》、《漢書》本傳載，誼為長沙王太傅三年，有鵩鳥飛入誼舍，止於座隅。鵩似鴞，不祥鳥也。誼既以適居長沙，長沙卑濕，誼自傷悼，以為壽不得長。蓋長沙俗以鵩鳥至人家，主人死。於是誼作〈鵩鳥賦〉，齊死生，等榮辱，以遣憂累焉。
漢文帝七年 戊辰 西元前一七三年	十月，令列侯太夫人、夫人、諸侯王子及吏二千石無得擅徵捕。	賈誼二十八歲。調任為梁懷王太傅。上〈論時政疏〉。據《史記》、《漢書》本傳，文帝思賈誼，徵之至，入見。上方受釐，坐宣室。上因感鬼神事，而問鬼神之本，誼具道所以然之故。至夜半，文帝前席。既罷，曰：「吾久不見賈生，自以為過之，今不及也。」迺拜誼為梁懷王太傅。懷王，文帝少子，愛，而好書，故令誼輔之，數問以得失。

		是時，匈奴彊，侵邊。天下初定，制度疏闊。諸侯王僭擬，地過古制，淮南、濟北王皆為逆誅。誼數上疏陳政事，極言天下之事可憂慮者甚多，謂諸侯不論親疏，大體強者先反，欲天下之治安，「莫若眾建諸侯而少其力」等等。
漢文帝八年 己巳 西元前一七二年	夏，封淮南厲王長四子為列侯。	賈誼二十九歲。仍為梁懷王太傅，上〈諫立淮南諸子疏〉。據《史記》、《漢書》本傳載，文帝復封淮南厲王子四人皆為列侯，誼知上必將重新封之為王，諫，以為禍患又將重新興起。賈誼數上疏，言諸侯或連數郡，非古之制，可稍削之，文帝不聽。〈上都輸疏〉也約作於是時，故繫於本年。
漢文帝九年 庚午	文帝聞齊有原秦博士伏生治《尚書》，年九十餘。詔太常派人往學，太常遣掌故	賈誼三十歲。仍為梁懷王太傅。作〈旱雲賦〉。

西元前一七一年	鼂錯往學，事約在本年。伏生所傳《尚書》僅二十九篇，以漢時通行的隸書書寫，後稱《今文尚書》。春，大旱。	
漢文帝十年 辛未 西元前一七〇年	將軍薄昭（薄太后弟）殺漢使者，文帝迫令其自殺。	賈誼三十一歲。仍為梁懷王太傅。
漢文帝十一年 壬申 西元前一六九年	六月，梁懷王揖入朝，墜馬死。文帝從誼計，徙淮陽王武為梁王。匈奴又入侵狄道。鼂錯上言制匈奴事，文帝聽之，募民徙塞下，塞下從此漸見充實。絳侯周勃死。	賈誼三十二歲。上〈請封建子弟疏〉。
漢文帝十二年 癸酉 西元前一六八年	十二月，黃河酸棗決口，大發士卒塞之。三月，廢出函谷關用傳（符證）之制。鼂錯上疏陳農民疾苦、商人兼併之烈。帝令民入粟於邊，拜爵以多少為差。免本年租稅之半。徙城陽王喜為淮王。	賈誼三十三歲。本年死。《史記》、《漢書》本傳均云，賈誼為梁懷王太傅數年，懷王騎，墮馬而死，誼自傷為傅無狀，常哭泣，後歲餘，亦死。賈生之死，年三十三矣。另有《新書》傳世。

漢文帝十六年 丁丑 西元前一六四年	齊文王死。文帝思賈生之言，乃分齊為六國（齊、濟北、菑川、膠東、膠西、濟南），盡立悼惠王子六人為王；又遷淮南王喜於城陽，而分淮南為三國，盡立厲王劉長三子劉安等王之。	賈誼死後四年。
漢文帝後七年 甲申 西元前一五七年	文帝死，景帝立。	賈誼死後十一年。
漢景帝三年 丁亥 西元前一五四年	詔削楚東海郡，吳豫章郡、會稽郡。吳王濞、楚王戊與趙、膠東、膠西、菑川、濟南諸王舉兵反，史稱「吳楚七國之亂」。吳兵攻梁，屢勝。梁孝王城守睢陽。漢以周亞夫為太尉，擊破吳楚七國之軍。	賈誼死後十四年。
漢武帝元狩元年 己未 西元前一二二年	淮南厲王劉長之子為王者兩國（淮南王劉安、衡山王劉賜）亦反，被誅。	賈誼死後四十六年。

◎新譯六朝文絜

蔣遠橋 注譯

《六朝文絜》是清人許槤評選的駢文選本，選文範圍起自晉朝迄於隋代，而以南朝「宋、齊、梁、陳」駢文為主。許槤針對不同的文本汰繁留簡，保留最精彩的篇章。駢文以駢詞儷句構成，重典故、辭藻、聲律，獨特的形式追求使其在中國文學史上獨樹一幟。王國維在《宋元戲曲史》中把六朝駢文與楚辭、唐詩、宋詞、元曲並列為「皆所謂一代之文學」。《新譯六朝文絜》透過導讀、題解、注釋、語譯、研析等單元，帶領讀者深度認識駢文，同時分析其形式內容與藝術價值，是閱讀駢文的最佳讀本。

三民網路書店 會員
獨享好康大放送
通關密碼：A6222

憑通關密碼
登入就送100元e-coupon。
(使用方式請參閱三民網路書店之公告)

生日快樂
生日當月送購書禮金200元。
(使用方式請參閱三民網路書店之公告)

好康多多
購書享3%~6%紅利積點。
消費滿350元超商取書免運費。
電子報通知優惠及新書訊息。

三民網路書店
www.sanmin.com.tw
超過百萬種繁、簡體書、原文書5折起

國家圖書館出版品預行編目資料

新譯賈長沙集／林家驪注譯；陳滿銘校閱.－－二版一刷.－－臺北市：三民，2020
面；　公分.－－(古籍今注新譯叢書)

ISBN 978-957-14-6784-9（平裝）

842.1　　108022805

古籍今注新譯叢書
新譯賈長沙集

注譯者　林家驪
校閱者　陳滿銘

發行人　劉振強
出版者　三民書局股份有限公司
地　址　臺北市復興北路 386 號 (復北門市)
　　　　臺北市重慶南路一段 61 號 (重南門市)
電　話　(02)25006600
網　址　三民網路書店 https://www.sanmin.com.tw

出版日期　初版一刷 1996 年 7 月
　　　　　二版一刷 2020 年 2 月
書籍編號　S031170
ISBN　978-957-14-6784-9

著作權所有，侵害必究
※ 本書如有缺頁、破損或裝訂錯誤，請寄回敝局更換。

三民書局